紳士の「品格」3

「中国の小話」厳選150話

日本財団会長
笹川陽平

PHP

まえがき

私がブログを発信してから16年半が経過する。

主な読者は、学者、官僚、報道関係者と、どちらかというと知的レベルが高いと思われる人が多いのだが、なぜか、私のブログの中では特に「中国の小話」が好評のようである。

日頃、真面目な活動をされているので、小話を読むと一瞬ホッとされ、ニヤリとして、大いに息抜きができるからかもしれない。


そこで『紳士の「品格」』第三弾は「中国の小話」にした。

最近、私自身はさまざまな社会問題の提起とその解決に情熱を燃やしているので「社会活動家」という固いイメージになりつつあるようだが、人間はそれほど単純ではない。私は決して謹厳実直な石部金吉ではない。「下ネタ」なども大好きであるが、最近はハラスメントの監視が厳しくなり、この手の話は厳禁にしている。しかし、人生には笑いが必要である。

私にはテレビを見る習慣はないが、たまにスイッチを入れると、出演者が身振り手振りで面白くもないことを大げさに大口を開いて笑っている姿に、呆れてスイッチを切ってしまう。本来芸人は視聴者に笑ってもらうための芸が必要で、自分が出演していることを楽しんでいるようでは話にならない。利口な若者ほどテレビ離れが激しいのも納得である。

先日、小泉純一郎氏との会話で、「政治家は『信なくば立たず』だね」と言われた。その通り。「国会議員の70歳定年論は正しいですね。『芯なくば立たず』ですからね」と即答した。

この会話のように、ひとひねりが入れば落語でいう「考え落ち」で、たとえ女性がいてもハラスメントにはならないが、なかなか難しいことではある。

「ユーモア」はイギリスで発達したもので、会話をする時に相手を和ませ弾ませる役割があり、講演などでは聴衆を和ませ空気を和らげる効能がある。

「ウイット」は機知、トンチのことで、漫才師が多用しているものである。

「ジョーク」は聞き手や読み手を笑わせたり、ユーモアを感じさせる小話や短い文のことである。

フランス語の「エスプリ」はちょっと知的で、批評精神に富んだ軽妙洒脱で辛辣《しんらつ》な言葉を当意即妙に述べる才能が必要である。

しかし国会討論ではエスプリが効いた質問や答弁もなく、「総理！ 総理！」と大声を出したり、「疑惑の総合商社！」という程度で、品位の欠けること著しい。

良質の笑いには教養が必要なのだ。辞書によると、教養とは「社会人として必要な広い文化的知識で、それによって養われた品位」とある。これを適用すると、我が国の国会議員には資格なしということになる。

「アネクドート」は本来はロシア語で、滑稽な小話全般の意味であったが、日本では特に旧ソ連で発達した政治風刺の小話とされるようになった。


前書きが長くなったが、かつて鄧小平、江沢民、胡耀邦、胡錦濤各氏と会談してきた時代は、政治小話も含めて秀逸な作品が多かったが、習近平時代に入り、特にこの2〜3年間はSNSの監視、取り締まりが厳しくなり、急速に面白みがなくなってしまった。

中国人がスマホを使用している以上国家の監視体制下にあり、学者をはじめ、知識人も

「沈黙は金」の時代となってしまった。

鄧小平の「黒い猫でも、白い猫でも、鼠を捕るのがよい猫だ」から始まった改革開放時代に、民間人の活力による民間企業は急速な発展を遂げ、産業界のイノベーションをリードし、ジャック・マーやマー・フアテンのような世界的企業家が活躍してきたが、習近平皇帝の誕生により、今やすべての企業に共産党書記が配置され、私企業も国家の管理体制に組み込まれてしまい、自由闊達な活動は終焉を迎えることになった。それに伴い市民の機知に富んだ「中国の小話」の質も低下してしまった。

今後、中国の民は生活上の不満やうっ憤をどのような形で晴らすのだろうか。

ともあれ、笑いは百薬の長。ブログに掲載した「中国の小話」の中から選抜して収録した本書をお読みいただき、ご多忙の読者の皆様がホッとしてニヤリとして笑う箇所があれば幸甚である。

【目次】

装丁　萩原弦一郎（256）

紳士の「品格」3　「中国の小話」厳選１５０話

世界各国の選挙事情

アメリカ人が自慢げに言った。

「我々は午前中に投票して、夕方にはもう誰が大統領に当選するかがわかる」

中国人が淡々と言った。

「我々は今日投票しているが、一年前にもう誰が国家主席になるかは知っていた」

北朝鮮人が蔑視した態度でアメリカ人と中国人に言った。

「我々は投票しなくても、小さいときから誰が首領になるかを知っていた」

日本人は漫然とした口ぶりで言った。

「我々は年に何度も投票しているが、誰が首相になるのか、なかなかわからない」

ロシア人が笑いながら言った。

「我々の国では、大統領が疲れたら首相になる、首相に飽きたら再び大統領になる」

キューバ人が困惑そうな顔で小さな声で聞いた。

「国の指導者は交代できるものだろうか」


（2013年4月8日）

中国人が夢見る理想の生活

国によって「理想の生活」は異なる。
アメリカ人――アメリカの住宅・日本人の妻・フランス料理
イギリス人――イギリスの住宅・日本人の妻・アラブ料理
アラブ人――アラブの住宅・日本人の妻・アラブ料理
最悪のケース――日本の住宅・アメリカ人の妻・イギリス料理

と言われたものだが、最近は経済成長著しい中国人も、極端な格差社会の中の一部の富裕層ではあるが、「理想の生活」を考えるようになった。最後の一行は大いに笑わせてくれる。

サウジの給料をもらう。
英国の住宅に住む。
スイスの腕時計をつける。
日本人の女性を奥さんにする。
韓国人の女性を愛人に囲む。
ドイツ車を運転する。
フランスワインを飲む。
イタリアの革靴を履く。
スペイン人の女性と遊ぶ。
ロシアの別荘を買う。

フィリピン人の家政婦を雇う。

イスラエルのガードマンを雇う。

中国で政府高官になる。

最後の条件が実現すれば前のすべてが可能になる。


（2013年4月22日）

中国の恋人募集のテレビ番組に参加したイギリス青年

最近、中国では高度成長のおかげで女性の望む結婚条件が厳しくなり、かつての日本のように三高（高収入、高学歴、高身長）は当然のことで、それ以上にさまざまな条件を求める女性が多いそうだ。

そこで、以下のようなテレビの恋人募集の番組が話題になった。

出場したイギリス人青年は、中国人独身女性の質問に答えた。

女性Aの質問：「一人っ子ですか？」
答　　　　　：「兄弟二人、結婚したばかりの兄がいる」
（いくつかのランプが消えた）
女性Bの質問：「マイホーム持っていますか？」
答　　　　　：「持っている。ただ、それは1世紀前の古い建物」
（またいくつかのランプが消えた）
女性Cの質問：「結婚したらどこに住みますか？」
答　　　　　：「祖母、父親、継母、兄貴、兄嫁と一緒に住む」
（ランプが消えた）
女性Dの質問：「どんな仕事していますか？」
答　　　　　：「兵隊さんをしている」

（ランプが消えた）

女性Eの質問：「お父さんは何をしていますか？」

答　　　：「名誉職だけで、仕事がない」

（ランプが一つだけ残っている）

最後の女性の質問：「結婚式の時にベンツやBMWが迎えにきてくれますか？」

答　　　：「ダメ。祖母が賛成しない。普通は馬車しか使わない」

（すべてのランプが消えた）

イギリス人青年が恥ずかしそうに現場から去った。

翌日、イギリスの新聞『タイムズ』はトップ紙面で「英国王室のハリー王子が中国の恋人募集のテレビ番組に出場、第1回戦で敗退」というタイトルのニュースを報道した。

（2013年4月24日）

中国女性の妊娠で大騒ぎ

中国は共産主義国家で、夫婦共働きが普通である。かつて夫婦の浮気の調査が発表されたことがあるが、男性は80％近く、女性もたしか40％を超えていたと記憶している。そのため次のような小話ができるのでしょう。

妻が妊娠した。旦那がこの喜びをみんなと共有しようと、妻の携帯で「私は妊娠した」と知人に発信をした。
すると、まず妻のお母さんから返信「旦那の不妊症が治ったの？」
姉の旦那から返信「どう処理するつもり？」
同級生から返信「半年前のことだったので、僕ではないぞ」
同僚からの返信「2日前のこと。間違っているでしょう？」
上司からの返信「1万元出すから、しばらく休んでいい」
顧客からの返信「明日我が家に来て、契約書にサインするから」

知らない男性甲からの返信「離婚すれば、この子を認める」
知らない男性乙からの返信「その日はAさんもいた。僕とは限らないぞ」
知らない男性丙からの返信「冗談じゃないぞ、僕はパイプカットしているから」

（2013年4月26日）

中国人の知恵

中国では、どのような厳しい法律、規則があっても抜け道を考える知恵がある。それを「上に政策あれば下には対策がある」という。

近年、北京、上海など大都市の住宅価格が高騰。バブル対策として住宅の売却益に20％の所得税をかけることになった。従来は売却額全体の1％の課税を選ぶこともできただけに、実質的には大幅な課税強化になる。

この政策に対する対策が、次の中国人の知恵である。

読者の皆さん、少し難問ではありますが、よく考えてみてください。

女性は弁護士に相談した。

「北京に住んでおり、もう1ヶ所の住宅を弟に譲りたい。どうやって20％の税金を払わずに名義変更できるのか？」

弁護士：旦那と離婚し、住宅の所有者を旦那にする。弟も離婚する。旦那は弟の嫁さんと結婚する。住宅所有者に弟の嫁の名前を入れる。二人は離婚する。住宅の所有者から旦那の名前を外す。それぞれ元の鞘に戻して再婚する。住宅所有者に弟の名前を入れる。

離婚結婚6回、手続き費用9元×6回＝54元。

（2013年5月1日）

四川地震

中国政府は一般人民に四川地震への救援募金を呼びかけているが、人民は「中国赤十字は信用できない」と腐敗を指摘し、一向に募金が集まらない。

その上、「アフリカと北朝鮮に多額の援助（ミルクを飲ませる）をしているのに、なぜ、同朋である地震被害者にもっと援助しないのか」と、ネット上では大騒ぎである。

四川地震後、瓦礫から救出された赤ん坊に女性警官が自らの母乳を飲ませているところがテレビで報道され、女性警官は具体的な人道活動によって公安局に抜擢された。すると、多くの女性警官が陳情するために北京にやって来た。そして、公安局の上司に「私たちは何年も乳を飲ませたのにちっとも抜擢してくれない。この不公平を何とかしてほしい」と訴えた。

そこで共産党組織部長は次のように説得した。

第一：「乳は乳でも、彼女は母乳を飲ませたのである。あなたたちの乳から母乳が出るのか」

第二：「彼女は大衆の前で赤ん坊に乳を飲ませ、テレビでも報道された。あなたたちは上司に飲ませたというが、誰が証明できるのか」

第三：「彼女が赤ん坊に飲ませたのは主食。あなたたちが上司に飲ませたのは間食ではないか。なかには単に触らせただけの者もいる?.?.?.」

（2013年5月8日）

アメリカ人と中国人との違い

アメリカ人：金持ちは中国から養子をもらうことを望む。
中　国　人：アメリカで子供を出産することを望む。
アメリカ人：3億の人口のうち2億人が銃を所有しているが、社会は安定している。

中　国　人：13億人のうち軍と警察だけが銃を所有。庶民は包丁を買うのも実名制である。
アメリカ人：中国に伝統文化を学ぶ。
中　国　人：アメリカに現代文化を学ぶ。
アメリカ人：少年選手は学校以外の時間で訓練。
中　国　人：少年選手は学校以外の時間で勉強。
アメリカ人：市長が市民に愛想をふりまく。
中　国　人：市民が市長に愛想をふりまく。
アメリカ人：オピニオンリーダーは政府批判を使命とする。
中　国　人：オピニオンリーダーは政府賛美を使命とする。

アメリカ人：テレビ・新聞・雑誌は民間経営。何を報道するのかは自らが決める。
中　国　人：テレビ・新聞・雑誌は共産党経営。何を報道するのかは党が審査する。
アメリカ人：国貧民富。政府が中国から巨額の借金をする。
中　国　人：国富民貧。政府は人民を犠牲にしてアメリカの国債を買う。

（2013年5月13日）

権力と金銭

中国では官僚に対する賄賂《わいろ》はいわば文化のようなもので、提供する民間人も事業を円滑に進める潤滑油として、至極当然の行為と考えており、そのためこのようなひとひねりした小話ができたのであろう。

北京の政府高官と山西省の民営炭鉱オーナーと飲食した折、高官はお酒を飲んだ勢いで

「100万元もらえればできないことはない」と豪語した。

炭鉱オーナーは、「なら100万元出すから、天安門城に飾っている毛沢東の写真を私の父親の写真に替えてほしい」と依頼した。

高官は自信ありげに「よし、1週間後に必ずやってみせる」と約束した。


1週間後、北京に上京し、天安門城に相変わらず毛沢東の写真が飾ってあるのを見た炭鉱オーナーは、高官に「約束違反だから金返せ」と迫ったところ、高官は「約束は守ったから金を返す理由はない」と主張した。

炭鉱オーナーは「天安門城の写真は今も毛沢東で、父親の写真ではない」と反論したところ、高官は「あの写真は間違いなくあなたのお父さんである、地元の役所で戸籍簿を調べればわかる」と説明した。

炭鉱オーナーは帰郷して戸籍簿を調べると、自分の名前は「毛岸英」に変えられたことを知り、気絶した。


（2013年6月21日）

100歳を超えての優遇制度

近々の報道で、64歳の売春婦が82歳の男性を相手にし、斡旋業者が逮捕されたとの記事を読んだ。

もちろん、このような斡旋は刑事犯で論外のことではあるが、かつて、笹川記念保健協力財団で老人のセックス調査を実施し、結果を発表したことがある。調査結果から80歳以上のセックスは、月1回以上が12％で、意外ではないが、記事を読んで「なかなかやるなぁ。頑張っているなぁ」というのが率直な感想である。

先般、日本歯科医師会の大久保会長より平均寿命と健康寿命（元気で一人でも生活できる）の話があり、平均寿命と健康寿命との間に約10歳の開きがあるので、健康寿命が延びるように努力する必要があるとのお話を伺った。

74歳の私も大いに健康寿命に留意し、100歳になったら左記の通り、優遇制度のある中国に移住しようと考えている。

どの都市に移住するかは、当然、③か④であります。

北京市が95歳以上の高齢者の医療の無料化を発表したのに続き、
①ある都市は、100歳以上の高齢者の泰山観光の無料化を発表。
②ある都市は、100歳以上の高齢者に無料住宅を提供すると発表。
③ある都市は、100歳以上の高齢者に3人子供を産んでもいいと発表。
④ある都市は、100歳以上の高齢者を対象に、一夫一妻制を撤廃すると発表。

（2013年7月29日）

異質の国家

国連加盟国は、南スーダンが加盟して193ヶ国となった。

冷戦が終結して共産主義国家は激減したが、国民投票はあるものの、実質的には言論統制、その他の規制も多くあり、民主主義国家と呼べる国は意外と少ない。

アネクドートの秀れている国は、国民の自由度と反比例するものである。

以下の「もう一ヶ国」はどこだろうか。


世界には193の国がある。

1．死去した指導者の遺体を水晶棺に納めた国は4つ。
ソ連、ベトナム、北朝鮮ともう1ヶ国

2．ネット情報を遮断する国は4つ。
キューバ、イラン、北朝鮮ともう1ヶ国

3．戸籍制度（日本の制度と異なり、住民が戸籍地から原則移動できない制度）のある国は3つ。
ブルネイ、北朝鮮ともう1ヶ国

4. 学校に政治の授業がある国は2つ。
北朝鮮ともう1ヶ国

5. 専制を憲法に書き入れた国は2つ。
北朝鮮ともう1ヶ国

6. 一人っ子政策を実施する国はただの1ヶ国。

以上6項目にすべて含まれている国は1ヶ国しかない。

(2013年8月9日)

振り込め詐欺

日本では振り込め詐欺の被害が跡を絶たない。理由は、昔から「人に迷惑をかけてはいけない」「人を疑ってはならない」との家族の躾《しつけ》が今も老人を中心に残っており、日本人のよき特性を悪用されているからである。

我が家にも何回も4人の息子の実名を騙《かた》って電話がかかってきた。その中には、妻宛てに「こちら新宿駅の鉄道公安官事務所です。お宅の息子さんの○○さんが痴漢で逮捕され、ただ今被害者と取り調べ室で示談中です。最近振り込め詐欺が多いので、ご心配でしたら新宿駅鉄道公安官事務所の私は担当官の○○という者で、電話番号は○○○○です。おかけ直しください」と言って電話を切ったという。

息子の○○は他の3人の息子に比べ、ひょっとしたらと思わせるようなタイプなのである。そんな息子のこと、一瞬、もしやとの気持ちもよぎったらしいが、妻は振り込め詐欺と判断し、電話をかけ直してくれと言った公安官を名乗る男に「よく考えてみましたが、痴漢は癖になるそうですから、この際しっかりと説教して留置場に入れてください」と答えたら、そこで電話は一方的に切れたという。

中国でも最近、振り込め詐欺が流行り出したらしいが、中国には騙す人より騙される人の方が悪いとの文化があるから、日本人のように簡単には騙されないらしい。
左記は中国版詐欺電話の小話である。

―中国版詐欺電話への対応術―

詐欺者：「もしもし、林社長、ご無沙汰しております」
林さん：「あなたは誰ですか？」
詐欺者：「古い友人ですよ。覚えていないの？　福建省の友人です。声がわからない？」
林さん：「ええと⁇」
詐欺者：「社長さんですから会う人が多いし、忘れても仕方がないね」
林さん：「ああ、思い出した！　福建省の張さんですね」
詐欺者：「そうですよ。よかった！　覚えていてくださって」
林さん：「失礼しました。詐欺電話かと思いました」
詐欺者：「来週、出張で北京に行きますので、一席設けたいと思います」
林さん：「張さん、お母様の胃癌の治療はどうでしたか？」
詐欺者：「（一瞬、間があって）あまり変わらないですね」

林さん：「このような病気にかかったら、できるかぎりの治療を続けるしかないね」
詐欺者：「おっしゃる通りです」
林さん：「お父さんが車にはねられた事件で、犯人が見つかりましたか」
詐欺者：「⁇　もう逮捕されました」
林さん：「あの時、包茎の手術をすると言っていましたね。しましたか？」
詐欺者：「？？？？　しました」
林さん：「奥さんは不妊症の治療をしているとも言っていましたが、効果がありましたか？」
詐欺者：「？？？」
電話は切れた。

妻の話によると、老人ホーム、墓地・投資の話、物品販売等、さまざまな勧誘の電話が毎日のようにあるという。「私の名前でかかってくるので簡単に電話を切るとなんとなく失礼な気がして、ついつい途中まで話を聞いてしまうの。煩わしいわ」ということらしい。

私の知人は引退して自宅にいることが多く、この手の電話を楽しみにしている。なんだかんだと質問して相手がくたびれるのを待つそうで、女性が相手の時は、

「ところで独身ですか？　何歳ですか？　恋愛経験は？　不倫の経験は？」

と矢継ぎ早に質問すると、「失礼しました」と、先方から電話を切るそうである。

投資話の場合はしばらく売り込み話を聞いてから、

「私の場合は10億ほどしかないんだが、それでもいい？」

と言うと、相手が目を輝かせて身を乗り出す様子が電話の向こうで想像できておもしろいという。私にはとてもできる技ではない。

たまの休日で妻が留守の時は仕方なく私が電話に出るが、

「○○さんご在宅でいらっしゃいますか？」

「死にました」

「それは失礼しました」

で終わりである。

ところで、振り込め詐欺はあれだけ警察が啓発活動をしても増加しているらしい。老人

にいくら注意を喚起しても、冒頭に記したように「人に迷惑をかけてはいけない」という躾が身についている老人には効果がないのです。息子や娘の方から老いた父母に、元気に働いているから絶対に振り込め詐欺にひっかからないようにと電話をさせる方が、一番効果があると思うのだが……。

（以上のブログは２０１３年８月23日のもので、今年は２０２１年である。８年経過してもこの種の詐欺は複雑多様化し、多くの被害者を出しているのは悲しいことである）

（２０１３年８月23日）

賢い儲け方

中国では、近年の高度経済成長のなかで、高級官僚をはじめとした富裕層にとって愛人を持つことはなかば常識で、「男の甲斐性」であるかのような時代錯誤の価値観がまかり通っているようである。

また、夫婦共稼ぎが普通なので、意外に夫婦以外の男女関係の比率が高いことは、事実のようである。

この小話は、中国の拝金主義と夫婦関係を揶揄《やゆ》したもので、なかなか面白い。

男は、当然のことながら妻に内緒で、5年前に40万元（約640万円）でマンションを買い入れ、愛人を囲った。毎月のお手当は3000元（約4万8000円）であった。今年はその愛人と別れ、そのマンションを120万元（約1920万円）で売却した。5年間愛人をただで囲い、さらに60万元（約960万円）の儲けが出た計算になり、マンションを買って愛人を囲うことは優れた投資であることがわかった。

この件が妻に発覚してしまい、離婚問題に発展することを覚悟していたところ、妻から「なんで2～3人囲わなかったの!!」と叱責されたという。

（2013年10月2日）

豚の前世は？

ヒンドゥー教や仏教では、輪廻転生《りんねてんしょう》といって、死んであの世に行った霊魂がこの世に何度も生まれ変わってくると信じられている。

ただ、人間としてだけではなく、動物などの形で転生する場合もある。

この標題の豚の前生は誰だったのかは、お読みくだされればフフッとなるでしょう。


豚が死ぬ直前に泣きながら訴えた。

「この一生涯、残飯しか食べなかったのに死ぬなんて、悔しいよ」

豚に言った。

「前世は庶民の苦しみを聞こうとしなかったので、今世は大きい耳をつけられた。

庶民のことを見ようとしなかったから、細目にされた。

ほら吹きだから、長く突き出すような口にされた。

上司におべっかを使うから、短いしっぽにされた。

愛人をたくさん囲ったから、お乳をいっぱいつけられた。

前世で公金を浪費して贅沢な食事ばかりしたから、今世の食事は残飯だけにされた」

これを聞いた豚は困惑な表情でつぶやいた。

「俺（豚）の前世は中国共産党の幹部だったのか」


（2013年10月7日）

腐敗官僚の金庫

ある地方都市の幹部が汚職で逮捕された。

自宅にあった金庫は音声スイッチで暗証番号は8文字であるが、取調官の厳しい尋問に口を割らず、なんとしても8文字を教えない。仕方なく取調官は、長年の経験から開錠できると考えた8文字を唱えてみた。

人不為己、天誅地滅（己の利益を優先しないと天罰を受ける）
芝麻開門、芝麻開門（開けゴマ）
神様仏様、昇官発財（神様仏様のご加護で、官僚として偉くなって金を残したい）
と唱えてみたが、いずれの言葉でも開錠できず、さらに厳しく尋問して、容疑者を自宅に同行させた。

容疑者は咳払いしてから湖南省訛りで、
「清正廉潔、為民服務（清廉潔白で人民に奉仕）」
と言ったところ、金庫はパカッと開いた。

（2013年11月6日）

上流と下流の違い

夜中まで残業する人は下流社会の人。

夜中まで麻雀に興じる人は上流社会の人。

報告書を書く人は下流社会の人。
報告書を読む人は上流社会の人。

個人に借金する人は下流社会の人。
銀行に借金する人は上流社会の人。

自宅で野菜を食べる人は下流社会の人。
レストランで野菜を食べる人は上流社会の人。

道路で自転車に乗る人は下流社会の人。
リビングで自転車に乗る人は上流社会の人。

飴を食べる人は下流社会の人。

糖尿になる人は上流社会の人。

お酒の度数を見る人は下流社会の人。
お酒のブランドを見る人は上流社会の人。

土地を耕す人は下流社会の人。
土地を売買する人は上流社会の人。

豚を飼う人は下流社会の人。
犬を飼う人は上流社会の人。

配偶者を探す人は下流社会の人。
愛人を探す人は上流社会の人。

（2013年11月22日）

中国の実利主義

ガイドの仕事をしている王さんに、物乞いが「金を恵んでくれ。1元（16円）でいい」と手を出した。

王さん「俺の給料は1ヶ月無休で働いて5000元（約8万円）だ。24時間指示待ちだから1ヶ月約4万3200分を5000元で割ると、1分間に0・11元（約1円76銭）稼いだことになる。お前は5秒でたった13文字（金を恵んでくれ。1元でいい）しか、しゃべっていないぞ。俺は1元稼ぐのに545秒が必要なんだ。俺の方が大変じゃないか」

物乞いが泣きながら王さんに言った。

「かわいそうな王さんよ、物乞いの仲間においで!!　少なくとも週休二日制は保証できるよ」

（2014年1月10日）

世界一の商人はどこの国か？

当たり前のことであるが、海外で働く日本人は、世界中の文化も歴史も異なる人々と商売をしなければならない。

多くの日本人は極めて実直で、近江商人の伝説を継承し、三方よし（売り手よし、買い手よし、世間よし）を心得ている人が多い。しかし、これは日本国内の話であって……と言いたいところだが、最近、国内でも偽装食品で買い手（消費者）を騙し、「売い手よし」だけを実現しようとする「あこぎ」（際限なくむさぼること、あつかましい）な一流企業も現れてきた。

また、多くの経営者はコンプライアンス（法令遵守）をお経のように口にするが、大銀行でも反社会勢力への融資が存在するという。

これも新自由主義経済とやらの利益至上主義のなせるわざなのか……。

１００年前の日本を代表する企業家・渋沢栄一は、「経営者は高い倫理、道徳観が必要である」と言っていた。現在の経営者に渋沢の爪の垢《あか》でも煎じて飲ませたいものである。

話はそれたが、世界最強の商人は次の通りである。


日本人は中国人には勝てない。

中国人はベトナム人には勝てない。

ベトナム人はインド人・パキスタン人には勝てない。

インド人・パキスタン人はユダヤ人には勝てない。

ユダヤ人はレバノン人・シリア人には勝てない。

一般的にこのように言われているが、以下の小話でいくと、中国人が世界最強の商人かもしれない。


天国に行く扉が壊れ、神様は修理の競争入札を行った。

インド人とドイツ人と中国人が参加。入札価格は下記の通りであった。

インド人：3000元　材料費1000元、人件費1000元、利益1000元。
ドイツ人：6000元　材料費2000元、人件費2000元、利益2000元。

中国人　：9000元　　3000元を神様に、3000元を利益に、残りの3000元
　　　　　　　　　　　でインド人に請負いをさせる。

神様は「やはり中国人は頭がいい」と、中国人落札を決定した。

（2014年1月27日）

ある売春婦の尋問調書

中国では、国営テレビの報道をきっかけに大規模な売春取り締まりが始まった。売春を支配する「黒幕」を打倒するためだという。

中国南部・広東省の東莞市は工場地帯が広がり、日系企業も多く進出している。出稼ぎ労働者も多く、売春が黙認されてきた。しかし、9日、中国中央テレビが実態を詳細に報じたため、当局が取り締まりに乗りだした。

東莞市警察当局は、10日の午後までに市全域のホテルやサウナを一斉捜索し、162人

を連行。問題があった12ヶ所を厳しく処分することにした。また、中央政府の公安省も特別チームを派遣し、売春の「黒幕」の検挙に乗り出した。

東莞市は「性都」と呼ばれるほど風俗産業が多いが、違法行為を通報しても警察が取り締まらないなど、業者との癒着が指摘されており、複数の地元警察幹部が停職処分になった。

ところが、ネット上ではCCTV（中国中央テレビ）を指弾し、警察当局を非難し、売春婦たちに同情する声が多い。CCTVの美人キャスターが数人、政府高官の愛人になっていることもあるし、幹部の腐敗問題、立ち退きや医療問題など、人民の死活に関わる大きな社会問題を報じるべきだという声。記者が潜入取材をし、女性たちの半裸映像もそのまま流し、人権や弱い女性たちの立場を考慮しないテレビ局の報道倫理も問われている。

そこで次のような小話が誕生した。

警　察　官：「なぜ売春をしたのか？」

被疑者の女性：「頼る党は腐敗し、頼る工場は買収された。

結局、自分の体に頼らざるを得なかった。
時間は短く金稼ぎがよい。
横領にもならないし腐敗にもならない。
体は売っても魂は売っていない」

警　察　官：「その罪を知っているのか？」
被疑者の女性：「私は生きていくためにやっている。
人民に頼らず党にも頼らない。
ベッド一つで後は何もいらない。
騒音もなければ汚染もない。
誰にも迷惑をかけていない。
だから国に何一つ迷惑をかけてはいない。
これがどうして罪になるの？」

困り果てた警察官は、共産党規律委員会書記に助けを求める。

書　　記：「これは社会の安定団結を破壊することだ。わかるか？」
被疑者の女性：「（いきなりスカートをめくって）これは組織のものか？」
書　　記：頭を振る。
被疑者の女性：「あなたのものか？」
書　　記：また頭を振る。
被疑者の女性：「国有資産なのか？」
書　　記：同じく頭を振る。
被疑者の女性は怒りを露わにして：『物権法』を知っているのか。雷鋒同志に学ぶことを強調される中国社会で、自分のものを他人に貸してどこが間違っているのか」
しばらく黙っていた書記は言う　：「同志、ご苦労様でした」

（2014年3月19日）

中国の大衆路線

現代社会の大衆路線――
共産党幹部が会議で壇上に座るのは、大衆と対面するため。
劇場で最前列に座るのは、大衆を率いるため。
映画館で真ん中に座るのは、大衆の中に入るため。
美女を囲むのは、大衆と一体化するため。
罰金を徴収に行くのは、大衆を思いやるため。
労働に一切参加しないのは、大衆を信頼するため。
寄付や募金を集めるのは、大衆を動員するため。
宴会接待に出るのは、大衆を代表するため。
給料以外の収入をとるのは、大衆に頼るため。

（2014年4月14日）

高級官僚の愛人問題

中国の高級官僚の腐敗は伝統的なもので、文化ともいえる。近年、高度経済成長のなかで、その腐敗ぶりは人民の怨嗟《えんさ》の的《まと》にもなってきた。

習近平は官僚の汚職追放を政策に掲げ、「ハエも虎も」捕まえると明言しているが、人民にしてみれば、いつも掛け声ばかりで、捕らえるのは「ハエ」ばかりとの批判もある。習近平がどんな「虎」を捕らえるのか、しばし見ものである。

以下に列挙した人物は、逮捕された官僚の実名と取り調べた内容で、それを冷やかして「全国愛人を囲む競技大会」として9つの賞に分類したものである。

1. 数量賞

江蘇省建設庁庁長　徐其躍

愛人146人を囲った。

2. 品位賞
重慶市党委員会宣伝部長　張宗海
長年高級ホテルで現役女子大生17人を囲い込んでいた。

3. 学術賞
海南省紡績局局長　李慶善
性日記95冊　標本236点（陰毛等）を所持していた。

4. 青春賞
四川省楽山市市長　李玉書
20人の愛人の年齢はいずれも16歳から18歳であった。

5. 管理賞
安徽省宣城市党書記　楊楓
経営ノウハウを活かして77人の愛人をうまく管理していた。

6. 贅沢賞
広東省深圳市沙井銀行支店長　鄧宝駒
5番目の愛人だけで、800日に1840万元（2億9440万円）を使い、一日平均2万3000元（36万8000円）、1時間1000元（1万6000円）を浪費させていた。

7. 団結賞
福建省周寧県党委員会書記　林龍飛
22人の愛人を集めてミスコンテスト・パーティを開き、30万元（480万円）の賞金まで用意した。

8. 和平賞
海南省臨高県都市管理課長　鄧善紅
6人の愛人に6人の子供がいることを本妻が信じないと主張した。

9．パワー賞

湖南省通信局局長　曾国華

5人の愛人に誓った：60歳まで毎週一人と3回以上セックスする。

日本の草食男子に彼らの爪の垢を飲ませることは、有効な薬になるかもしれない。

（2014年6月11日）

近頃の話題

中国は「法治よりも人治」の国ともいわれ、人間関係、特にコネ作りは、生活はもちろんのこと、転職、出世、商取引等々、社会生活の基本になっているといっても過言ではありません。

8）は、中国共産党の出世競争は激烈であるため、担当部署の成績を水増しすることで成績を上げたことにする。だから統計は信用できないことになる。
7）は、8）の統計を集計して党幹部に報告するので、立派な成績として発表されるのである。

1）重要な仕事は宴会の中
2）幹部の任免は取引の中
3）建設の入札は暗闇の中
4）貴重な人材は弔辞の中
5）良質な商品は広告の中
6）課題はスローガンの中
7）立派な数字は総括の中
8）巨大な成績は水分の中
9）忙しい幹部は個室の中
10）美しい秘書は寝室の中

中国では、交際範囲が広く、男気があって酒に強く、コネを利用して金と地位を得て、さらに上司に貢ぐことによってさらなる権力を得ると一般に信じられている。したがって、高学歴で優秀でも、真面目なだけでは出世しないということになる。

近頃、次のような人は、中国では出世できない。

1）才能がある
2）度胸がない
3）お金がない
4）コネがない
5）お酒が弱い
6）学歴が高い
7）性機能が弱い

（2014年7月25日）

悪知恵も必要

男は、夜、飲酒した後に車を運転し、警察の抜き打ち検査に遭遇。
男は、車から降りて猛ダッシュで逃走した。
男は、走りながら奥さんに電話。
すぐ警察に車が盗まれたことを通報するよう指示。
翌日、車が見つかった。
男は、感謝状を持って警察局に車を取りに行く。
警察官曰《いわ》く「昨晩、犯人は足が速すぎて取り逃がしてしまった」。
男は、警察官の手を握って感動した様子でお礼を言う。
男は、車を運転して家路についた。

（2014年7月28日）

中国中央テレビ（CCTV）と西側メディアの報道の違い

共産主義や社会主義を標榜《ひょうぼう》する国はもちろんのこと、民主主義を掲げている国でも、今なおテレビ、新聞、ラジオ等の報道において、完全に言論の自由が保障されている国は少ない。そのため、報道の意図を裏読みする眼力が必要になってくる。

日本には「眼光紙背に徹する」とか「文章の行間を読む」などという言葉もあるが、中国ではそんな生易しいものではない。

次の通りである。

1）偽造商品や食中毒事件が起きた場合。

西側メディア：政府が反省し、管理監督を強化し、責任逃れはできない。

CCTV　　　：公民は自己防御の意識を強化し、ニセ物を識別する能力を高めるべき。期限切れの品物や品質に問題のある食品を購入しないこと。

2）貧しい山間地域の子供が学校に行けず、田舎の教師が懸命にフォローしている場合。
西側メディア：これは教育部門と社会福祉部門の無責任の結果と恥じるべきだ。
CCTV：田舎の教師に学ぼう。この教師は時代の英雄であり、国家の誇りである。

3）腐敗幹部を逮捕し、巨額の横領金を返還させた場合。
西側メディア：国の監督体制に問題がある。責任追及をしなければならない。
CCTV：監督部門が問題を発見し、国のために巨額の損失を挽回し、成果が大きい。

4）炭鉱事故が頻発した場合。
西側メディア：政府の安全監督管理部門の責任者が引責辞任すべき。
CCTV：安全監督部門は事故を高度に重視し、直ちに関連部門に指示を出し、関係者の法律責任を追及するよう指示した。

5）凶暴な犯罪者に遭遇した場合。
西側メディア：市民が直ちに110番通報し、犯人との衝突を避ける。
CCTV　：公民が勇敢に犯人と戦えば、社会治安もよくなる。

6）管轄内の村が貧しく、村人が病気をしても治療するお金がない場合。
西側メディア：地元の政治家の支持率がガタ落ちし、人々の不満が爆発した。
CCTV　：党と政府の幹部が村に入り、農民に思いやりを届けた。
農民たちは感動し、幹部たちを人民の公僕、よきリーダー、親よりも優しいと賞賛する。

（2014年9月1日）

休暇について　社長と従業員の対話

日本人は、経済の高度成長期までは世界一の働き者といわれてきた。しかし、この言葉が聞かれなくなって久しい。

２０１３年の休日は、17日間の祝日と毎週の土曜日、日曜日を合わせて１１７日。それに年末年始の休暇と個々人の有給休暇を加えれば1年の3分の1以上は休日ということになる。

もちろん、この休日を利用して仕事の疲れを癒したり家族との憩いの時間を持つことに異論はないが、自分磨きのために積極的に読書にも励んでもらいたいものである。

以下は中国人の休暇についての小話である。

従業員：「社長、明日1日、休暇をください」

社　長：「1年３６５日、52週間。あなたは週2日間休み、（2日×52週）年間１０４日休んでいる」

「残りは261日ですね」
従業員：「そうです」
社　長：「あなたの働いている時間は1日8時間だから、残りの16時間は働いていないね。174日（16時間×261日÷24時間＝174日）を取り除いて、残りは87日ですね」
従業員：「そうです」
社　長：「あなたは毎日30分をネットサーフィンに使い、合わせると年間23日分となる。残りは64日だね」
従業員：「……？」
社　長：「残りの64日のうち、毎日1時間の昼休み、これでまた46日分使った。残りは18日間」
従業員：「はあ？」
社　長：「通常、あなたは年に2日間の病欠をしている。実は16日間分しか働いていない」
従業員：「？？？」
社　長：「毎年5日間祝日があり、会社は定休日となっている。ですから、あなたはたった11日間しか働いていないことになる」

従業員：(悲しい表情)

社　長：「会社は毎年社員に10日間の有給休暇を与えている。こうやって計算すると、あなたは年に1日しか働いていないことになる」

従業員：「……」

社　長：「それでも、あなたはこの1日の休暇をもらおうとしている」

従業員：「深く反省します」

(2014年9月10日)

中国の占い師

古今東西を問わず、古くから存在する占い師、易者・手相家・気学家・人相家・占星術や四柱推命《しちゅうすいめい》・風水等々、占いの方法は多種多様であるが、「当たるも八卦、当たらぬも八卦」で、ある意味、無責任な商売ではある。

しかし、世界中いかなる人でも結婚、就職、病気、将来に対する不安等々、悩みを持っていない人はほぼいないといっていいだろう。

一国の国家元首や大統領、首相でも、何らかの占いに頼った人は多い。なかでもレーガン大統領夫人やシアヌーク・カンボジア国王は星占いがお好きであったようだ。

以前、「銀座の母」と呼ばれた有名な占い師の話を書いたことがある。

息子が相談に行ったら、いきなり「あなたの髪の毛に癖があるのは助平の証拠です」と言われ、とっさに「父親のくせ毛はもっと酷いです」と答えたところ、あなたの親父はもっと助平です」と断言したという。「それではアフリカの人々はみんな助平だ」と、親子で笑ったものである。

日本の若い女性には占い好きな人も多く、中には自分の望みに近い答えを言ってくれる占い師を「よく当たる」と言って、贔屓《ひいき》にする向きもあるという。

中国では今でもいろいろな占いが盛んなようで、特に風水に頼る人は多い。

以下は占い師の小話である。

―嘘をついた代価―

女性は宝くじを買う前に、どんな番号がいいかを占い師に尋ねた。

占い師：「海外に何度行ったことがある？」
女　性：「4回です」
占い師：「子どもは何人いる？」
女　性：「2人です」
占い師：「今年は何冊本を読んだ？」
女　性：「5冊です」
占い師：「ご主人と月に何回夫婦生活をする？」
女　性：「2回です」
占い師：「何回浮気したことがある？」
女　性：「私は家庭を大事にしているから1回もありません」
占い師：「じゃ最後の数字は0だね！
　　　　貴女が買う宝くじの番号は『42520』だよ」

当たり番号は『４２５２９』と発表された。
女性は正直に浮気の回数を言えば大金が手に入ったのに、「ウソをつくと損をする」という教訓が残された。

（２０１４年9月29日）

中国の裸官たち

裸官とは、中国の役人が不正に取得した財産で、まずは子供を海外留学させ、場合によっては妻も海外に出してためた財産を海外に移転させ、中国には目立った財産もなく仕事に励む役人のことである。そして、不正が露見して危険が迫ると、海外に逃亡することになる。

アメリカのグローバル・ファイナンシャル・インテグリティーという組織の２０１３年度の報告書によると、過去10年間、中国国内での脱税、汚職、犯罪による不正資金のうち、国外に流出した総額は１兆８００万ドル（約１００兆円）と、日本の1年間の国家予算並みの天文学的額に達するという。

習近平の汚職撲滅運動のなかで、党員の腐敗を監査する中国共産党中央規律検査委員会の２０１３年度の発表によると、額は不明だが、海外に持ち出された不正資金は２０１２年度より50％も増加。幹部の国外逃亡も加速しているので、国外逃亡者を逮捕するための特別チームを結成したという。

中国では不正を図らぬ役人はいないといわれているが、日本での役人の不正は、極端な場合、10万円程度でも逮捕されることがある。誠に驚くべき日・中の彼我の差である。

以下、この不正蓄財をした裸官を揶揄した小話である。


彼らはロシア人が発明した鎌とハンマーの中国共産党の旗を高く掲げ、フランス人が作曲した『インターナショナル（国際労働歌）』を合唱し、ドイツ人が書いた『共産党宣言』を黙読し、スイス銀行に巨額の秘密口座を所有。家族をアメリカ・カナダに送って裸官となり、いつでも海外逃亡できる準備をして民衆に警告する。

「西側の敵対勢力の浸透を警戒しろ！」と。


（２０１４年10月17日）

中国人と酒

中国人から酒を飲む機会を奪うと、行政、経済はおろか、極端な場合、社会全体が機能不全に陥るのではないかと思うほど酒席は潤滑油の役割を果たしている。

情報を得ることが最重要事項の中国にあって、酒が入るとつい口が軽くなり、相手の人柄や本音はもちろん、さまざまな情報を得られるからである。

訪中の時は私が首席代表をつとめるが、酒席代表は尾形武寿理事長である。人民解放軍と自衛隊との交流を笹川日中友好基金が主催していた頃、中国の青島《チンタオ》の海軍高級幹部との夕食会では、なんと！ 70度の酒で乾杯、乾杯となった。

しかし、私は中国での酒席は「戦い」だと思っているので、決して酔うことはない。その時は作戦上、青島海軍基地の最高幹部を標的に、日本側出席者が集中的に乾杯を求めたので、ダウン寸前、武官に支えられて退出してしまった。

最近はこのような酷い飲み方は減ったようだが、酒席がないと何も始まらない社会であることに変わりはない。ただ、このところ習近平の腐敗追放運動の余波で、高級料理店は開店休業の状態が続き、この自粛は末端の人々にまで影響しているという。

そこで、こんな酒にまつわる小話ができたのであろう。

指導部の幹部が酒を飲まなければ、友人はできない。
中堅幹部が酒を飲まなければ、情報を入手できない。
末端にいる幹部が酒を飲まなければ、昇進の望みはない。
規律検査委員会の幹部が酒を飲まなければ、摘発の手がかりが見つからない。
一般市民が酒を飲まなければ、楽しみがない。
男女が酒を飲まなければ、チャンスが生まれない。

（２０１４年10月22日）

嘘にも等級がある

私が子供の頃には、親から常々「嘘をついてはいけません。嘘をついたら舌切り雀のように舌を切られます」とか、「閻魔《えんま》さまに舌を抜かれます」と躾けられたものである。

大人になって「嘘も方便」なる言葉を知った。

方便とは、本来は仏教用語で、「真理に誘い入れるために仮に設けた教え」だが、目的のために利用する便宜の手段と解釈されるようになり、「嘘も方便」とは、嘘をつくことは悪いことではあるが、時と場合によっては必要な時もあるという意味になった。しかし、悪事に結びつく嘘が許されるという意味ではない。

現代中国でも、グローバリゼーションの時代に対応するために英語の検定がさかんで、12等級が実施されている。

以下は、そこをもじって嘘に等級をつけて並べたものである。

嘘の罪深さから考えると必ずしも順番通りとは思えないので、読者の皆さん、並べ替えてみてはいかがでしょうか？

―中国式嘘の等級―

第1級の嘘：ウエイターが言う。
「お客さんの料理はすぐお持ちしますよ」
第2級の嘘：同僚が言う。
「今度御馳走するよ」
第3級の嘘：指導者が会議で言う。
「では簡単に二言三言お話しします」と言って長話。
第4級の嘘：旦那が言う。
「今、会議中だよ」
第5級の嘘：売春婦が言う。
「今日は処女よ」
第6級の嘘：組織部の責任者が言う。

「誠実な人には損をさせない」

第7級の嘘：デベロッパーが言う。

「この物件は将来必ず値上がりする」

第8級の嘘：病院が言う。

「我々は最善を尽くした」

第9級の嘘：教育部（文部省）が言う。

「どんなに金が足りなくても、教育予算を切り詰めてはいけない」

第10級の嘘：規律検査委員会が言う。

「白状すれば放免してやる」

第11級の嘘：男が言う。

「いつまでも君を愛するよ」

第12級の嘘：女が言う。

「金のためにあなたを好きになったわけではないのよ」

（2014年10月24日）

孫悟空と北京

かつて「北京秋天」とか「金秋」とかいう言葉があり、北京の秋はどこまでも青く美しかった。しかし、最近は経済発展の中で車の渋滞は恒常化し、秋が深まるにつれて大気汚染はひどくなり、PM2・5が話題になる季節に変わってしまった。

北京の富裕層のなかには、毎週末を日本で過ごす人もいるという。彼らは日本に行ってくるとは言わず、肺をきれいにしてくると言うらしい。

北京では10日、11日と「アジア太平洋経済協力会議（APEC）」（首脳会議）が開催される。この場を国威発揚の場にしたい習近平政権は、老朽化した自動車約30万台を強制的に廃車、環境改善が不十分な企業375社を引っ越しさせるなどして準備を進めてきた。開催が近づくにつれ、さらに規制を強化。ナンバープレートにより市内を走る自動車を半減、操業停止を命じられる工場も多く、自宅への暖房の供給も遅らされているらしい。さすがメンツの国である。

大気汚染を自嘲したのが中国で有名な伝奇小説『西遊記』の主人公・玄奘《げんじょう》法師と孫悟空の会話である。

孫悟空　：「玄奘法師さま、前方の霧に包まれたところが目的地の西方浄土でしょうか？」
玄奘法師：「そうではない、あれは北京だよ。市民の幸福度指数は中国第一だ。お前は残ってみないか」
孫悟空　：「玄奘法師さま、北京には残りたくありません。ぜひ西方浄土に連れて行ってください」
玄奘法師：「悟空よ、だから残れと言ったのだよ。北京に残ることこそ西方浄土（死）に行く一番の近道だよ」

※玄奘法師
玄奘（602年-664年3月7日）は、629年に陸路でインドに向かい、巡礼や仏教研究を行って645年に経典657部や仏像などを持って帰還、法相宗《ほっそう》の開祖となった。また、インドへの旅を地誌『大唐西域記《だいとうさいいきき》』として著し、これが後に伝奇小説『西遊

記』の元ともなった。

『西遊記』は、玄奘法師が白馬に乗って三神仙（神通力を持った仙人）、孫悟空、猪八戒、沙悟浄を供に従え、幾多の苦難を乗り越え天竺（インド）へお経を取りに行く物語。

（2014年11月7日）

中国　犯罪者の名言

中国では、政治家や役人の贈収賄はいわば文化のようなものであり、逮捕されるのは運が悪かったと考える人々も多い。

以下は、中国国家権力者である政治家や有名人の嘘の名言である。

日本ではこのことを「盗人《ぬすつと》猛々しい」という。

唯一、最後の劉胡蘭の言葉だけは真実である。

清廉（心が清くて私欲がないこと）で公正な政府官僚になるのは一種の美学だ！

―収監された薄熙来元重慶市党書記の言葉―

汚職と腐敗に対する我々の我慢の余地はゼロだ！

―汚職で失脚した周永康元党中央政治局常務委員の言葉―

私の最大の欠点は清廉であること！

―収賄で党籍を剥奪された徐才厚元国家軍事委員会副主席の言葉―

廉潔（心が清くて私欲がなく行いが正いこと）にして公に奉仕する！

―収賄罪で死刑猶予の判決を受けた劉志軍元鉄道部部長の言葉―

『人民日報』は創刊62年来、一言も嘘をついたことがない！

―卓球の世界チャンピオン、ＩＯＣ委員鄧亜萍の言葉―

米国籍を取得したが、私は相変わらず中国を愛している！

―元フェニックステレビの名キャスター、楊蘭の言葉―


共産党員はいくら逮捕しても逮捕し尽くせないものだ！

―15歳の若さで革命の大義に殉じ、毛沢東から「偉大なる生、光栄ある死」と褒めたたえられた少女、劉胡蘭の言葉―


（2014年11月28日）

現代中国の〝if〟

文章を書く人は、よく「もしその時こう判断していたら、大いに異なったものになったであろう」などと「if（もし）」を使う。

中国の高級官僚も安易に「if」を使ったため、大きな批判を浴びることになった。

国家発展改革委員会のスポークスマンが「もしガソリン税を含まなかったら、中国のガソリンはアメリカよりも安い」と発言し、物議を醸した。すぐにネット上に次のような書き込みが出た。

不動産デベロッパーから、

「もし土地の価格を含まなかったら、中国の住宅価格は最も低い」

腐敗摘発の中枢機関である中央規律検査委員会から、

「もし汚職官僚を数えなかったら、中国の公務員は最も清廉潔白だ」

中国赤十字会から、

「もし不法流用の分を含まなかったら、中国の寄付金管理が最も行き届いている」

国家品質監督検査検疫総局から、

「もし悪徳商人がいなかったら、中国の食料品は最も安全だ」

国家統計局から、

「もし一般国民を含まなかったら、中国人の生活が世界で最も高い」

北京市民の私も思わず本音を吐いた。

「もし吹き荒れる北風がなかったら、北京はいつもどんよりとした陰気な場所だ」

（2015年1月9日）

中国最強の指導部

中国国家指導者の中核にいる幹部が相次いで失脚するなかで、中国の一般国民は、どうすれば世界に誇れる指導部を構築できるかを考えた。

日本人も「最強の内閣のメンバー」とか「歴代最強のプロ野球チームの布陣」とかが好きだ。中国でも同様らしい。

歴史好きの私にとって、中国の政治家の布陣は、なるほど、世界最強だったかもしれない。

全国婦人連合会主任に則天武后とは、強烈すぎる。また、一人っ子政策の国家計画生育委員会主任に三蔵法師とは、笑える。これでは遠くない将来、中国人はゼロになってしまう。

国家主席：唐の太宗李世民
党の中央軍事委員会主席：ジンギスカン

同副主席：毛沢東
全人代委員長：孫文
国務院総理：諸葛孔明
外交部長：周恩来
外交部スポークスマン：趙本山（お笑い芸人）
国防部長：曹操
教育部長：孔子
衛生部長：華佗（三国時代の名医）
環境保護部長：老子
水利電力部長：禹（古代の帝王、治水の聖）
建設部長：秦の始皇帝（万里の長城や阿房宮などの国家プロジェクトを実施）
公安部長：展昭（小説『七侠五義』の登場人物の一人、犯人検挙の名人）
国家発展改革委員会主任：商鞅（秦の政治家、法令改革と富国強兵を推進）
最高人民法院院長：包拯（宋の名臣、数多くの冤罪を雪《そそ》ぎ、公正の象徴）
全国薬物取締署署長：林則徐（清の阿片取り締まりの欽差大臣）

全国婦人連合会主任：則天武后
税関総署署長：鄭和（明の宦官、大船団を引率して海外と交易）
国家計画生育委員会主任：三蔵法師（唐の名僧、禁欲の名人）

（2015年3月16日）

アメリカは中国より遅れている

中国での売官・買官は文化のようなもので、人の採用についての権力者の自由裁量が大きいため、人々はあらゆるルートを探してより有力な人脈作りに奔走するのである。

美女が市長と寝ると、宣伝部長のポストが得られる。
美女が航空会社の副社長と寝ると、副課長のポストが得られる。
美女が軍の上層幹部と寝ると、将軍のポストが得られる。
美女がアメリカ大統領と寝ても、実習生は実習生。

クリントンとモニカ・ルインスキーの事件を皮肉ったもので、中国では実利を得られないとベッドを共にしないということであろうか。

（２０１５年4月15日）

混浴と男性心理

男　：ここのお風呂はいくら？
店長：男性浴場は10元、女性浴場は１００元です。
　　　男性浴場にしますか？　それとも女性浴場にしますか？
男　：男でも女性浴場に入れるのか？
店長：もちろんですとも。

◇男は１００元札を払って女性浴場に入ったところ、中は男ばかりであった。

（2015年5月20日）

緊急避難

この小話は、多分、有名な豪華客船「タイタニック号」についての小話を参考に、「中国人」を追加して作ったものだろう。

飛行機が海面に不時着した。

CAは乗客にタラップから海に下りるよう緊急案内したが、下りようとしない乗客たちを見て機長に助けを求めた。

機長曰く‥

アメリカ人に対して「これは冒険だと言いなさい」

イギリス人に対して「これは栄誉だと言いなさい」

フランス人に対して「これはロマンだと言いなさい」
ドイツ人に対して「これは規定だと言いなさい」
日本人に対して「これは命令だと言いなさい」
ＣＡが「乗客は全員中国人です」と答えると、機長が笑った。
「なら、もっと簡単。これは無料だと言いなさい」

―タイタニックの小話―
タイタニックが沈没した時、船員は乗客の男性たちに、おぼれている人を助けるために海に飛び込んでもらうべく、こう声をかけました。

イギリス人には「あなたは紳士でしょう」
アメリカ人には「飛び込んだらヒーローです」
ドイツ人には「それがルールです」
イタリア人には「美女が少し前に海に飛び込みました」
フランス人には「海に飛び込むな」

日本人には「皆そうしてますよ！」

（2015年5月22日）

三人寄れば文殊の知恵

家路を急ぐ夫婦の前に、突然、道端から三人の覆面男が現れ、二人の行く道を塞いだ。

覆面男の一人は乱暴に言った。

「拉致だ。二人のうち一人を逃がしてもいい。家で連絡を待て」

旦那は迷わずに奥さんの背中を押して「早く逃げなさい」。

奥さんの後姿が見えなくなり、男三人は覆面マスクを外した。

「ちくしょう！　今どきは麻雀をするのにここまで頭を使わないといけないのか」

5分後に旦那は奥さんに電話をかけた。

「僕の口座に5000元振り込んでくれ。警察には通報するな。一晩閉じ込められるけど、明朝、自由にしてくれる約束だ」

10分後に旦那はATMから5000元を下ろし、一晩麻雀を楽しんだ。

家に帰った旦那に奥さんが抱きついて泣きながら言った。

「肝心な時にあなたの優しさがわかったわ。これからなんでもあなたの言うことを聞くわ」


(2015年5月27日)

長江での客船事故の教訓

中国湖北省の長江で456人乗りの大型客船「東方の星」が転覆した。大惨事で、船長他わずかな人しか助からなかった。

6月7日付『読売新聞』によると、「捜索状況の情報などを求めて現場付近に駆けつけた乗客の家族は約1400人に達した。事故対応や原因究明を巡り、公然と不満を語る人も増え、習近平政権は批判の高まりを警戒している」という。

続いて、当局は家族に対し「防疫対策が必要だ」として収容されている遺体との対面も許しておらず、救援活動をする人々を英雄的に報じ、家族の悲しみは伝えられていないと報じた。

中国中央テレビは6日、共産党と政府が「非常に責任ある態度」で事故対応に当たったと称賛する総括記事を国営・新華社通信がまとめたと伝えた。しかし、悲しみに打ちひしがれた人々のニュースは伝わってこない。

なぜに近年、習近平政権は厳しい報道規制とジャーナリストの拘束を続けるのであろうか。人民は「東方の星」号転覆事故からの教訓として、以下の4項目をひそかに噂している。これは故なき事ではなく、『荀子』王制篇を意識した強烈な政権批判ではないだろうか。

1. 巨大な船体で、威勢を見せかけて数十年間長江で航行したものの、一瞬で転覆した。
(どんな強力政権も、一瞬にして崩壊する)

2. 転覆の前は誰も予知できなかった。

（政権崩壊は誰も予知できない）
3.『水は舟を載《の》せ、舟を覆《くつがえ》す』という言葉を証明した。
（水は人民、船は政権である）
4. 舵取りが逃げたら、船内の乗客やスタッフは皆ひどい目に遭《あ》う。
（指導者がいなくなると、人民はひどい目に遭う）
『荀子』王制篇には、「君主とは舟であり、庶民とは水である」「水は舟を載せるが、舟を転覆させもする」というのがある。

（2015年6月10日）

中国の略字文化

中国にはおおよそ8万5000の漢字がある。共産党政権の識字運動により、すべての人民が読み書きできるようにと文字が簡略化された。

中国本来の漢字は繁体字といって、現在は台湾、香港などで使用されている。中国で現在使用されている漢字の多くは簡体字といわれるものである。

かつて漢字はベトナム、韓国でも使用されていたが、今や両国とも漢字がなくなってしまった。

元来、漢字は表意文字であるが、簡略化されたことにより表音文字になってしまった。そこで左記のような皮肉な小話が生まれたのであろう。

明治以降、脱亜入欧の思想のなかで、福沢諭吉や西周《にしあまね》などが西洋図書を翻訳するための造語に苦労し、多くの言葉が作られた。今日、中国で使用されている言葉の多くは日本製（約1400字といわれている）である。

たとえば、中国の正式名称である「中華人民共和国」のうち、「中華」以外は日本語である。共産党、経営、哲学、美術、芸術等も日本製で、特に共産主義に関する言葉はロシア語から日本語に訳されて中国に輸出されたものである。

簡体字化して意味が変わってしまったのだろうか。

・親→亲　：親友も親切さも「見」ることができなくなった。
・愛→爱　：愛が「心」を持たなくなった。
・産→产　：産も「生」を伴わなくなった。
・廠（工場）→厂　：工場が空っぽになった。
・麺→面　：麺から大事な「麦」が消えた。
・運（運ぶ）→运　：運送するにも「車」がなくなった。
・導（導く、指導）→导　：導くのに「道」がない。
・兒（児と同じ、子供）→儿　：子供に「首」がなくなった。
・飛→飞　：飛ぶのに翼が一つしかない。
・雲→云　：雲は雨を伴わない。
・開（開く）関（閉める）→开关：「門」がないのにどうやって開閉する？
・郷→乡　：郷里に「郎」（男子、男の人）がいなくなった。

30年前と30年後

30年前、純金ピアスをつけているのは皆、都会人。
30年後、純金ピアスをつけているのは皆、田舎者。

30年前、親子のような姉妹が多い。
30年後、姉妹のような親子が多い。

30年前、息子に「わんころ」という名前を付ける親が多い。
30年後、ペットのわんちゃんを「息子」と呼ぶ親が多い。

30年前、派手な洋服を着るのは若い娘たち。

（2015年8月14日）

30年後、派手な洋服を着るのは中高年のおばさんたち。

30年前、金持ちはポリエステルの服を、貧乏人は綿の服を着る。
30年後、金持ちは綿の服を、貧乏人はポリエステルの服を着る。

30年前、人々は太っている人に憧れる。
30年後、人々は痩せている人に憧れる。

30年前、貧乏人は野菜と雑穀を食べる。
30年後、金持ちは野菜と雑穀を食べる。

30年前、国は農地の開墾を呼びかける。
30年後、国は農地を森林に戻すことを呼びかける。

30年前、車にたくさん乗せて速く走ることを自慢する。

30年後、車に速度制限、積載量制限をかける。
30年前、安いものを買ったことを自慢する。
30年後、高いものを買ったことを自慢する。
30年前、一人が働き、一家を養える。
30年後、共働きで、一人っ子を養うことが大変。

（2015年8月19日）

天津大爆発　その1

天津港大規模爆発事故後、数日たっても死者の数や危険化学物質の成分、爆発の規模、環境に対する影響、事故対策の指揮者の所在等々、天津市当局の記者会見では明確な説明が全くなかった。

この曖昧模糊とした説明に、人民の政府に対する不信感は募るばかり。そこで天津当局の記者会見での要領を得ない答弁を、『西遊記』を題材に皮肉を込めて語らせているのである。

三蔵法師は中国人民、孫悟空は天津当局として読んでください。

—西遊記の花果山爆発—

三蔵法師：何匹の猿が死んだ？

悟　空：26の洞窟が水没した。

三蔵法師：何匹の猿が死んだ？

悟　空：わずか5000本の桃の木が倒れた。

三蔵法師：何匹の猿が死んだかを聞いている。

悟　空：生きている猿を無事に避難させた。

三蔵法師：はっきり言いなさい。何匹の猿が死んだか？

悟　空：救援チームはすでに現場に入り、死んだ猿の家族たちは落ち着いている。

三蔵法師：いったい何匹の猿が死んだのか？

悟　空：今日、観音様が1匹の猿を救出した。
三蔵法師は卒倒した。

（2015年8月26日）

天津大爆発　その2

天津の爆発事故では、首都圏の市民たちが、有害物質が空気中に飛散したとして大気汚染を心配していたが、政府の発表によると、観測データでは普段よりも汚染物質が少なく、空気がきれいだということであった。

政府発表に不信感が募る市民たちからは、以下のような小話が誕生した。

農民が収穫後にわらを焼くと、重度の大気汚染を観察したので、厳禁にした。
春節前後に爆竹を鳴らしたら、重度の大気汚染のデータが出たので、厳禁にした。
屋台で串焼き屋さんたちが商売を始めると、重度の大気汚染を裏付けるデータが示されて、これも厳禁にした。

にもかかわらず、今回は100年に1回ともいわれる有害化学物質の大爆発が起きたが、不思議なことに、政府が発表した大気や水に関するすべての数値が逆に正常になっていた。

唯一考えられるのは、大爆発した化学物質は空気洗浄剤の可能性が高い。これで首都圏上空に立ち込める靄《もや》や大気中の有害物質を一気に吹き飛ばしたのかもしれない。

（2015年8月28日）

抗日戦争勝利70周年

2015年9月3日、中国では「抗日戦争勝利70周年記念」として、天安門広場で記念式典と軍事パレードを実施した。

台湾の馬英九総統は、蔣介石率いる中華民国国軍が日本と戦ったのであって、共産党軍は補助的役割を果たしたにすぎないとの談話を発表した。歴史は馬英九総統の言う通りである。

習近平主席は「正しい歴史観を持とう」と呼びかけたが、中国の国民の一部には、左記のように小学生の口を借りて「抗日戦争勝利70周年」を皮肉るものもある。

近年の中国の言論統制は、かつてないほど厳しい。しかし、国民も負けてはいない。

国語の授業で、先生は『なんと！』という副詞を使って作文を作るように生徒に言った。明君はクラスでも成績優秀な生徒。さっそく次のような文を作った。

「1949年に建国したある国は、『なんと！』建国よりも早く、1945年に戦勝国になった」

勢いに乗って、さらに一文を作った。

「この国は建国66周年を祝う時、『なんと！』軍事パレードで戦勝70周年を祝うことになっている」

しかし、発表を聞いた先生は激怒し、明君を教室から追い出してしまったとか……。

（2015年9月4日）

中国のノーベル賞受賞者

二人のノーベル賞受賞で、日本中が明るい話題に沸いている。本当におめでたいことで、一日本人として誇らしく嬉しいことである。

大村智先生のオンコセルカ症の特効薬は、日本財団でも1991年から2006年まで、総額101万4103ドルでヘレン・ケラー・インターナショナル財団を通じて購入。アフリカの人々のお役に立ったことも喜びであった。

ところで、中国でも中国大陸で活躍する自然科学者が初めてノーベル賞を受賞したニュースで賑わっている。過去のノーベル賞受賞者で、中国人、あるいは中国出身者の数が決して少ないわけではない。しかし、いずれも今回の受賞者とは違うのである。

【問】中国人でノーベル賞を受賞した人はいるの？

【答】いっぱいいるよ。しかし、皆、外国籍なんだ。

丁肇中（物理学賞）、李遠哲（化学賞）、朱棣文（物理学賞）、崔琦（物理学賞）、

賽珍珠（文学賞）、銭永健（化学賞）など、皆そうだよ。

【問】中国の国籍を持つ者でノーベル賞を受賞した人はいないの？

【答】いるけど、皆、中華民国（台湾）人だよ。

李政道（物理学賞）、楊振寧（物理学賞）などがそうだよ。

【問】中華人民共和国の国籍でノーベル賞を受賞した人はいないの？

【答】いるけど、自分が中国人であることを認めていないんだよ。

フランスにいる高行健（文学賞）がそうだ。

【問】中華人民共和国でノーベル賞を受賞した人はいないの？

【答】いるけど、我々は彼が中国人だとは認めていないんだ。

ダライ・ラマ（平和賞）がそうだよ。

【問】自分も政府も中華人民共和国の人民だと認めたノーベル賞受賞者はいないの？

【答】いるけど、今、刑務所にいるよ。劉暁波（平和賞）だよ。

だから今回初めて中華人民共和国の国籍で、しかも中国国内で活躍するノーベル賞受賞者が生まれたんだ。屠呦呦（生理学・医学賞）だよ。

彼女は「三無科学者」（博士学位なし、海外留学の経験なし、国家アカデミーに当たる中国科学院と中国工程院院士の資格なし）なんだ。こんなめでたいことはないね。

中華人民共和国万歳!!

屠呦呦さん、乾杯!!

※参考
中国出身のノーベル賞受賞者
丁肇中　中国系アメリカ人、１９７６年物理学賞
李遠哲　台湾生まれのアメリカ人、１９８６年化学賞
朱棣文　中国系アメリカ人、１９９７年物理学賞
崔　琦　中国河南省生まれ、アメリカ国籍取得、１９９８年物理学賞
銭永健　中国系アメリカ人、２００８年化学賞

李政道　　中国系アメリカ人、１９５７年物理学賞
楊振寧　　中華民国（台湾）人、１９５７年物理学賞
高行健　　中国江西省生まれ、フランス国籍取得、２０００年文学賞
ダライ・ラマ　法王、１９８９年平和賞
劉暁波　　中国吉林省生まれ、中国籍、２０１０年平和賞
莫　言　　中国山東省生まれ、中国籍、２０１２年文学賞
屠呦呦　　中国浙江省生まれ、中国籍、２０１５年生理学医学賞

※賽珍珠（パール・バック／Pearl S. Buck）
中国に40年間在住したアメリカ籍作家。（中国系ではない）
１９３８年文学賞を受賞。

（２０１５年10月14日）

年代別「愛」の受け止め方

七夕の日、男たちは奥さんに「愛しているよ」とメールを送信した。その年代別の奥さんの反応を次に並べてみた。

20代の奥さんからの返信：「私も愛しているわよ！」

30代の奥さんからの返信：「飲みすぎたの？　酔ってるんじゃないの」

40代の奥さんからの返信：「メールの送り先を間違えたでしょ？　帰ってきたらタダじゃすまないわよ」

50代の奥さんからの返信：「今さら何よ」

60代の奥さんからの返信：「暇でしょうがないんでしょ。山登りでもしたら」

70代の奥さんは返信もせず、息子に電話した。：「お父さんはもう後が短いかも。覚悟してね」

80代の奥さんはつぶやいた：「今日は認知症の薬を飲み忘れたの‼」

（２０１５年10月19日）

共産党幹部たちの行動パターン

中国の市民たちのひそひそ話によると、共産党の幹部たちには次のような行動パターンがあるという。

ドイツ人（マルクス）が書いた『共産党宣言』を読む。

フランス人（ウジェーヌ・ポティエ作詞）が作った『インターナショナル』を歌う。

ロシア人がデザインした鎌とハンマーの党旗に向かって入党の宣誓をする。

中国共産党中央党校で共産主義についての定期研修終了後、自動車の中から、アメリカにいる家族にニューヨーク株価について問い合わせする。

国名である「中華人民共和国」は、「中華」以外は日本語であることを知らないで使用している。

スイスの銀行に預金する。

女房と子供はアメリカに送って海外生活させる。

しかし、人民には、「外国のもの（制度、方法、経験）をそのまま取り入れるのは禁物だ」と、厳しく指導・監督する。


（２０１５年10月30日）

中国とアメリカの共通点

中国の著名なジャーナリストが自国の社会問題を捉えてアメリカと比較し、次のような共通点を指摘した。これは中国では立派な小話だが、日本語に翻訳すると解説が必要なのであまり出来のよい小話とはいえない。

しかし、現代中国の世相を知るためにご笑覧ください。

1．中国社会の至るところに中国人の汚職役人がおり、アメリカ社会にも至るところに中国から逃亡した汚職役人が溢れている。

2. 中国人は好んでアメリカ政府の悪口を言うが、アメリカ人も好んでアメリカ政府の悪口を言う。

3. アメリカは中国の労働者から搾取しているが、中国も中国の労働者から搾取している。

※マルクス主義の理論で教育された中国人は、アメリカは資本主義社会の代表格で、資産階級が労働者から厳しく搾取していると考えている。また、自国民だけではなく外国の労働者からも搾取しており、それによってアメリカは豊かになったと信じていたが、現実は、社会主義の中国も同様に、改革開放経済後は労働者から搾取する時代となった。

4. 中国の富豪は逃亡してアメリカで豪華な生活をしているが、アメリカの富豪もアメリカで豪華な生活をしている。

5. アメリカの役人はアメリカ人だが、中国の役人の多くもアメリカ人かアメリカ人の親だ！

※中国の役人の多くはアメリカなどの外国の旅券を取得しているか子供をアメリカに移住させて市民権を得ている。また、役人が秘密裏に外国旅券を取得し、家族を海外に移住

させることが大きな社会問題になっている。

（2015年11月4日）

初笑い

★中国の地下鉄の混雑は日本の比ではない。
北京人――北京の地下鉄の混雑はひどすぎる。妊娠した女房が流産してしまったよ。
上海人――北京より上海の地下鉄の混雑はもっとひどい。だって先月妻が混雑した地下鉄に乗ったら、妊娠してしまったよ。

★12月1日はエイズの日であった。
腐敗で失脚した幹部が検診を受けたら、エイズウイルスの感染がわかった。
疾病コントロール部門から、性的関係を持った女性の名前を全部提供するように求められたら、大変なことになってしまった。

まず失脚した幹部のオフィスの女性幹部が検診しなければならなかった。女性幹部の旦那も検診しなければならなかった。女性幹部の旦那の愛人も検診しなければならなくなった。女性幹部の旦那の愛人の旦那も検診しなければならなくなった。女性幹部の旦那の愛人の旦那の愛人も……。

エイズはこのように拡散するのです。日本の2014年度までのエイズ発症者は2万490人。このほかに8120人の「未診断感染者」に可能性があるらしい（日本エイズ学会）。

これは初笑いではなく苦笑いだと、私は4人の息子の顰蹙《ひんしゅく》（不快に思って顔をしかめること）を買った。

これで私のこの1年は、多事多難が予想される。

（2016年1月5日）

物価の上げも下げもすべて国民のため

・原油価格が下落しているのにガソリンを値下げしないのは、環境保護のためである。
・タバコを値上げしたのは、スモーカーたちに禁煙を促し、健康保持のためである。
・水道の値上げは、国民に水資源をもっと大切にしてもらうためである。
・電気の値上げは、節電を奨励するためである。
・給料が上がらないのは、国民にもっと勤勉に働いてもらう余地を残すためである。
・薬の値上げは、国民に自主的に体を鍛え、健康を保持するためである。
・住宅の値が下がらないのは、一家が同じ屋根の下で団らんする環境を作り、孤独老人を生ませないためである。
・定年退職の年齢を遅らせたのは、国民により充実した日々を送ってもらうためである。

人民諸君!!
以上すべては国民のための政策であり、国民の幸せを案じて日夜努力されている政府に、感謝しましょう！

（２０１６年１月６日）

下着は誰のもの

規律検査委員会の書記が執務室に戻るなり、局長夫人が女性の下着を手に飛び込んできた。

「書記、うちの旦那は呑兵衛だけではなく大の助兵衛だ！　昨晩はなんと、よその女性の下着を持って帰宅したんです!!　書記の権限でしっかり真相究明をお願いします」

書記は、「まあ、落ち着いてください。私が必ずしっかり取り調べますから」となぐさめ、証拠品の下着を上着のポケットに入れた。

夜、書記が自宅に帰ると、夫人は書記の上着を取り洗濯しようとしたら、ポケットにある下着を見つけ、「あなた、いたずらもすぎるわ。一日中探しても見つからなかったのよ」

夫人の話を聞いた書記はぶっ倒れた。

「急いで立件し、厳しく追及するぞ！」


（2016年2月12日）

中国の新「四大発明」

かつて、歴史を誇る中国の四大発明は、羅針盤、火薬、紙、印刷術であった。

今日、中国人が噂している現代の四大発明は揶揄（からかうこと）的で比較にもならないが、話題となっているので参考までに並べてみた。

★中国現代の四大発明
1．反日テレビドラマに頼って人民の不満を外に向け、祖国を守る。
2．不動産売買（土地はすべて国家所有であった）に頼って、経済基盤を強化する。

3．強制立ち退きに頼って、都市を建設する。
4．むやみに大学の募集枠を拡大し、教育の振興と称して費用を徴収する。

（2016年2月22日）

反革命

日向ぼっこしている爺さん婆さんが、共産党中央のことをネタにおしゃべりしている。

爺さん甲：「習主席は凄いね。こんな短い間にあれほど多くのトラ（汚職の大幹部）を逮捕したからね」

爺さん乙：「胡主席はもっと凄いぞ。政権の座に10年間、あれほどのトラたちが何もできなかった（トラがいても何もしなかったの意）」

婆さん甲：「やはり毛主席が凄い。毛主席には誰も及ばないよ。だって、政権の座に41年間もいて、すべて反革命分子に囲まれていたにもかかわらず倒れなかったんだ

父親：「そうか、わかった。もういいよ。さっさと遊びに行け。待った！　今後磁石で遊ぶ時は気をつけろよ。お母さんから離れて！」

【解説】

中国はニセ物が多い社会です。校長は女性教師をくどくため、純金ではなく、表面は金色で中身は鉄のニセ物の腕輪をプレゼントしたので磁石にくっついてしまったのです。子供の父親も、妻に中身はニセ物の装身具をプレゼントしたのでしょう。

（2016年3月16日）

「80後」の悲鳴

今、習近平政権は国内の言論統制を徹底しているが、それでもネットユーザーたちは一向におびえる様子はなく、冷めた目でその特有のユーモアセンスと巧妙な表現で、中国共産党や政府に対する痛烈な批判と皮肉を毎日のようにまき散らしている。

「80後」なる言葉は、1980年代生まれの中国人を指す表現として定着している。計画出産政策施行後に生まれた世代で、一人っ子、小皇帝の元祖、最も私利私欲の強い世代、反逆の世代など、世間から多くのマイナスの評価を受けてきたが、今日の中国に生きるこの世代の人たちは、同時に政府の政策に翻弄されている世代として同情も集めている。

彼らは、自分たちの人生設計が政府の政策変更で振り回され、悲鳴を上げている。政府は我ら「80後」に対して、実に酷いことをした。

政府は、前世紀80年代から計画出産政策を導入した。そのため、ほとんど一人っ子になった。

政府は「80後」が大学に入学の頃の1997年に、今まで無料だった学費を徴収し始めた。

政府は、2004年に住宅価格が上昇するよう政策誘導した。

「80後」は結婚し、高いマイホームをローンで購入した。

政府は、2015年に計画出産政策を撤廃した。

「80後」は結婚、出産、育児の時期を迎えた。

政府の政策のおかげで、2030年に「80後」は、上に4人の老人、下に2人の子供を持つことになる。住宅ローンの返済もまだまだ重荷になっている。

政府は、2040年に定年退職の年齢を65歳に引き上げるそうだ。

「80後」は、ぴったりその対象になる。

「80後」世代は怒りに燃えている。

「なぜ、我らの世代だけをいじめるような政策をするのか?」


（2016年5月9日）

愛

中学三年生の年だった。

晩秋のある日、全寮制の学校で学ぶ僕たちの教室に、若くて美しい英語の先生がきた。

僕は彼女に一目ぼれしてしまった。


その夜、月の光が校庭を優しく包んでいた。

僕はこっそり美人先生が泊まる宿舎の玄関に近寄った。

思春期の少年の中に込み上げてくるものを何とか先生に伝えたいと思ったが、どのような方法で表現すればいいかわからなかった。


悩んだ末、ふっと足元に落ちている煉瓦を見つけた。

僕は煉瓦を拾い上げ、マジックペンで「あなたのことが好きだ！　万年」と書いて煉瓦を窓から宿舎に投げ込み、さっと逃げてしまった。

翌朝、全校生の大会が緊急に招集された。
頭に包帯を巻いた校長先生は荒れた声で、守衛の王万年氏を除名処分にすることを発表した。

※「万年」は「愛している」という意味です。
美人先生の宿舎で密会していた校長も自業自得の災難ですが、一番の災難者は、「万年」という名前を持った守衛さんでした。

（2016年5月23日）

離婚裁判で子供の親権争いについて

妻：子供は私の体の一部でした。
　親権はもちろん母親の私にあります。

夫：冗談じゃない。

ＡＴＭから出てきたお金はＡＴＭの金にならないだろう。

カードを挿入した人の所有なのだ。

妻：出てきたお金がニセ札だったとしても、それも受け取るのですか？

……裁判官も弁護士も傍聴席もみな無言？？？？

（２０１６年６月３日）

言論の自由

外国人記者が「中国に言論の自由は存在しますか？」と質問した。

共産党幹部は「もちろんです。どんな新聞やテレビにも存在します。我々は自由に新聞やテレビの内容を変えることができます。こんな自由な国は他に存在しますか」と胸を張って問い返した。

風邪をひいたら鰻を食べる

中国のある農村では、風邪をひいたら鰻を食べろと言われている。
鰻は栄養が豊富だからではなく、中国で養殖されている鰻は、病気にならないように大量の抗生物質が投与され、体内に残留した抗生物質があるからだ。

（2016年6月8日）

偽物の悲劇

農家の人が種を買って作物を育てたが、種が偽物だったため収穫はできなかった。
農民は悲観して農薬を飲んで自殺を図ったが、農薬も偽物だったため、死ぬこともでき

（2016年6月13日）

なかった。
家族は死ななかったことを喜んでお祝いの酒をふるまった。
しかし、酒は偽物の工業用アルコールだったため、その農民と家族は死んでしまった。
（2016年6月13日）

総理が視察に来る

李克強総理が市場を視察した時の精肉店の店主との対話。

総理：「いい肉だね。商売はどうですか？」
店主：「平日はいいけど、今日は全然売れていません」
総理：「それはなぜ？」
店主：「総理であるあなたが来たからですよ」
総理：「じゃ、私が1キロ買うよ」

店主：「いや、売りません」
総理：「なぜだね？」
店主：「総理が視察に来るということで包丁が使用禁止になりました」
総理：「しょうがないね。それでは包丁を使わなくてもいいこの塊をいただくよ」
店主：「やはり売りません」
総理：「これまたなぜだね？」
店主：「総理が来る前は５００グラム20元だったのが、総理が視察に来るからといって５００グラム２元と決められ、売れば18元の損が出るのです」
総理：「じゃ、５００グラム20元でいいから、一塊ください」
店主：「それでも売りません」
総理：「またなぜ？」
店主：「私は実は精肉店の店主ではありません。本当の身分は武装警察です（注：店主に扮している）」
総理：「なに？　君の上長を呼んでこい！」
店主：「上長はあっちの店舗で魚介類を売っています」

【解説】

要人の行く先々で厳重な警備が敷かれる中国。総理が市場を視察して親民路線のアピールが狙いだが、商売で生計を立てている人たちにとってはまさに災難。絶対安全を守るためにこの対話のような仕掛けをし、偽の店主たちを仕立てるケースも珍しくない。

これは指導者と市民の信頼関係を揶揄した小話である。

（2016年7月6日）

G20余話

G20とは20ヶ国の首脳会議のことで、中国が初めての議長国となった今年のG20は、厳戒態勢の中、杭州市で無事終了した。

報道によると、過剰警備によるトラブルも多々あったようで、特にオバマ大統領が専用機で到着の折、外交儀礼の赤じゅうたんを用意せず出迎えた上、大統領が最も信頼するライス大統領補佐官らが大統領に近寄ろうとした際、中国側の警備に阻止されたり、同行記者団にも退去を求めたと、9月5日の『日本経済新聞』は伝えていた。

初めての議長国として厳戒態勢の警備となったのであろうが、地元杭州市民への監視体制はさらに過酷だったようで、市民は悲鳴を上げ、以下のような笑い話がポータルサイト上で爆発的な人気を集めたようだ。


夕食後、スーパーへ行って翌日の朝食用に紙パックに入った牛乳を買った。しかし、スーパーを出るところで警備員に止められ、安全チェックのため一口飲めといわれ、仕方なくパックを開けて一口飲んで、安全な液体であることを証明した。

その後、路線バスに乗ろうとしたら、運転手からも安全確認のため一口飲むように求められ、指示通りに一口飲んだ。バスを降りたら、警戒中の警察官の職務質問でまた飲まされ、さらに団地の守衛からも安全確認のためといわれ、残りも全部飲まされてしまった。

空っぽになった牛乳パックを手にエレベーターを降りたら、隣の青年が、片手にサラダ油の空き瓶、片手に空のお酢のガラス瓶をぶらさげ、悲しげに立っていた。


このような国だからこそ、世界で有名な北京のスモッグも、重要な会議の際には昔の

「北京秋天」となるのです。その代わり、何百何千の企業はその間休業状態にさせられ、市民も石炭や練炭の使用が制限されるそうです。

（2016年9月7日）

始業日に強盗

はるか昔の小学校時代、夏休みが近づくとわくわくしたものだ。ただ8月も終わりに近づくと、溜まった宿題と日記の仕上げには悩まされ、いやな思い出として残っている。特に、日記は書けても天気を調べるのに苦労したが、今はスマホで簡単にわかるという。時代は大きく変わった。

9月1日は中国の小・中学校の始業日である。遅刻して教室に入ってきた明君は、洋服が汚れ、明らかに誰かとひと揉めした格好であった。

驚いた先生、「明君、どうしたんだ？」と聞いたところ、
明君、「学校に来る途中で強盗にあいました」
先生、「怪我はなかったか？　何か取られたのか？」
明君、「はい、夏休みの宿題を取られてしまいました」
先生、「？？？　廊下に出て立っていなさい！」

（２０１６年９月９日）

ぎりぎりセーフ

張さんが仕事を早退して帰宅したら、自宅で奥さんが上司とエッチしているのに遭遇。張さんは慌てて会社に戻り、「ぎりぎりセーフ。早退したことが上司にバレるところだった」。

（２０１６年10月17日）

智慧の使い方

北京から帰省する乗車券が入手できない農民工（農村からの出稼ぎ労働者）は、20元を使って「陳情したい」と書いた横断幕をつくり、駅を出ようとした。すると、駅の中で私服の警察官に捕らえられ、故郷に送り返された。計算してみると、乗車券280元、バス代60元、三輪車代10元、食事代30元、合わせて380元節約した。しかも、村に帰ると、村長、郷長に出迎えられ、2000元の貧困補助金までもらった。

（2016年10月17日）

権力と法律

有名映画監督が女優さんを口説いた。

「僕と寝れば主演女優にしてあげる。これは違法ではないぞ」

職場の上司が女性部下を口説いた。

「僕と寝ればよりよいポストを与えてやる。誰にもばれないぞ」

社長が女性社員を口説いた。

「僕と寝れば多額のボーナスを出してあげる。誰も反対できないぞ」

庶民Aが足裏マッサージ店の女性に、

「僕と寝れば200元出す」と言ったら、秘密警察に捕らえられた。


（2016年10月17日）

市場と物乞い

野菜市場で物乞いがお金を恵んでもらっていた。しかし、少数の人しかお金を渡す人はいなかった。

物乞いはお金を恵んでくれた人の住所を記録した。数時間後、高級車が物乞いの前に止まり、物乞いはその車に乗って去っていった。

物乞いは住所通りにお金を恵んでくれた人にお金を返した。しかも、もらったお金の10倍の金額で返した。

野菜市場の人々はみな驚愕した。

翌日、物乞いはまた来た。

市場の人たちはみな、物乞いにお金を渡した。しかもみな、100元札の裏に住所を書いて渡した。

物乞いは1時間足らずで8万元ものお金を手に入れた。

物乞いは市場を去って行き、その後は誰にもお金を返していない。

物乞いの名前は「中国の株式市場」。


（2016年11月25日）

ジェネレーションギャップ

国内出張で寝台車に乗った。

二段寝台の下段で寝ようとしたが、上段の90年代後半生まれの女の子はイヤホンで音楽を聴くまではいいのだが、曲に合わせて鼻歌を歌うのでいらいらして寝られない。

さすがに一晩中彼女の鼻歌を聞いているのではとても寝られそうにないので、下から上段のベッドを叩きながら、「上の美女よ、ちょっと寝させてもらえないか」と言った。

すると彼女は、ベッドの脇から頭を出して数秒間僕を見つめた後、「いいよ、上がってきて」と、そっと言ってくれた。

「?・?・?・」

以来、このうるわしい思い出はいつも僕の頭によぎる。ジェネレーションギャップって、本当にいいものだね。


（２０１６年12月21日）

災い転じて福となす

最近、河南省の許昌市で、乱闘事件で公安に捕まった若者がいた。

彼は人口政策の厳しい時代に計画出産の枠外で生まれたので、戸籍登録ができず、政府が国民に配った身分証も持っていなかった。

公安は、まず彼の両親の身分証を参考にして彼に身分証の番号を割り当て、骨などを鑑定した結果、彼は18歳未満の未成年者であることが判明。裁判の結果、1年の実刑を言い渡されて刑務所で刑に服した。

公安は彼の身分証番号を使って、刑務所に彼の戸籍を登録した。

息子の話を聞いて彼の父親は、「私は15年間、死にもの狂いで頑張ったが、息子の戸籍登録を実現できなかった。それなのに息子は自力で、たった1回の喧嘩で、いかにも簡単に難しい戸籍登録を実現した」と、感無量の涙を流したという。

（2017年1月13日）

習近平の農村訪問

国家指導者が春節期間中に農村を訪問することは、共産党宣伝活動の重要な活動になっている。習近平総書記が農民の家庭を訪れて村人たちに囲まれる映像は、テレビでも長々と放送される。

習政権は中国の地域格差を縮小するため、農村での貧困撲滅を大声で唱えているが、現実はバブル経済の陰に忘れ去られ、悲惨そのものである。

そのため農民たちは、指導者の訪問は単なる宣伝用のパフォーマンスにすぎないと、冷めた目で見ている。

習近平総書記の訪問先予定の村長は、村の貧しい農民の王さんに言った。

「中国共産党総書記、国家主席、中央軍事委員会主席、軍事委員会連合作戦指揮センター

長、国家安全委員会主席、改革の全面深化指導グループ長、軍事委員会国防と軍隊改革の深化指導グループ長、財政経済活動指導グループ長、外事活動指導グループ長、国家安全活動指導グループ長、対台湾活動指導グループ長、中央軍民融合発展委員会主任があなたを激励に家庭訪問をされる予定だから、その準備をしておいてください」

村長の話を聞いた王さんは困った顔で言った。

「北京のお偉方が激励に来てくれるのはありがたいが、うちにはそれほどの腰掛けはないよ。村長!!　どうしよう」

【蛇足】

読者おわかりの通り、上記の役職はすべて習近平のものです。

（2017年1月30日）

博士と占い師

占い師：あなたは富貴の運命。28歳で結婚し、すぐに子宝が授かりますよ。
博　士：僕はもう30歳を過ぎたのに、まだ結婚も子宝も金儲けもできていない。なぜですか？
占い師：知識がありすぎると運命が変わることがあります。

（2017年2月6日）

CCTVの街頭インタビュー

記者：中国人として、祖国に何ができると思いますか？
市民：祖国に迷惑をかけないようにするために移民します。
記者：愛国の主な行動は何だと思いますか？
市民：社会主義国家に迷惑をかけないようにするために移民します。
※短期間に合法、違法を含め、アフリカだけでも100万人以上の中国人が移住している

という。

（2017年2月6日）

バレンタインデー

近年、中国でも急速にバレンタインデーが定着してきた。

日本では「本命」とか「義理チョコ」などの言葉がありますが、さすが中国は即物的ですね。

―バレンタインデーの映画館―

バレンタインデーの映画館は、熱々のカップルで一杯だった。

突然、映画館のスタッフがステージに上がって、

「お客さんの中に他人の妻を連れてきた人はいませんか？　相手の主人は命がけでやり合う構えで入り口で待ってますよ」

と叫んだ。

館内がシーンとしたところで、スタッフはさらに、

「悲劇を見たくないので、これから映写を中断し、館内の照明も切って裏玄関を開けますので、早く逃げてください」

と呼びかけた。

照明が消されると、館内は一気に騒がしくなり、わずか数分後にスタッフが再度照明をつけてみたら、観客席はすでに空っぽ。赤いバラの花だけが地面一面に捨てられていました。

―バレンタインデーの食事―
バレンタインデーの日、男性は電話で意中の女性を執拗に誘っている。
男性：「今日電話したのはほかでもなく、ただ君にご馳走したいと思っただけだ」
女性：「本当？　じゃ、どこで、どのランクのご馳走をしてくれるのかな？」

男性：「会ってくれさえすれば、君の行きたいレストランはどこでもいいよ」
女性：「多分あたしの行きたいところに連れて行ってもらうのは無理だわ」
男性：「俺の実力を信用してくれよ。どこでも連れて行くよ」
女性：「じゃ、あなたの家に行って、奥様の手料理をご馳走になるわ」
男性：「？・？・？・？」
しばらくして、電話は切れた。

（2017年2月15日）

毛沢東の著作

毛沢東は楊開慧とは初婚で、『実践論』を書き上げた。

毛沢東は賀子珍と再婚したが、いつも喧嘩していたから、『矛盾論』を書き上げた。

毛沢東は江青と延安の洞窟に三日三晩入りっきりで、四日後には疲れ切った顔で手に『持久戦を論じる』を持って出てきた。

解放後、毛沢東の身辺には多くの女性がいて、身分階層もさまざまであった。
そのため数年後に『十大関係を論じる』を書き上げた。

（2017年3月10日）

農民たちの困惑

俺たちがやっと肉が食べられるようになったのに、都会人はサラダを食べるようになった。

俺たちがやっと嫁がもらえるようになったのに、都会人は独身に憧れるようになってきた。

俺たちがやっと貯金できるようになったのに、都会人は保険に入り始めた。

俺たちがやっと麻雀が楽しめるようになったのに、都会人は賭けサッカーに熱中し始めた。

俺たちがやっと白い紙で尻ふきができるようになったのに、都会人がそれで口をふくようになった。

俺たちがやっと都会で働けるようになったのに、都会人は農家での民泊を楽しむようになった。

俺たちがやっと春節に帰省できるようになったのに、都会人は旧正月の海外旅行ブームを呼んだ。

俺たちはやっとパジャマが買えるようになったのに、都会人は裸で寝るのが健康的だと主張し始めた。


（2017年3月15日）

増税と脱税

ある企業経営者が、宴会場で税務局長さんに「今の税負担は重すぎて、真剣に税金対策を考えざるを得ない」と愚痴をこぼしたら、税務局長は、

「税率が高いことは重々承知している。内緒の話、これは国家の策略だよ。皆さんに脱税

させて、終始違法状態に置くのが目的なんだ。体制に反発し、共産党の言うことを聞かない時に、いつでも経済犯罪の名目であなたたちをやっつけるためだ」

（２０１７年３月22日）

無学は幸せの場合もある

宴会の席上での男性同士の会話である。

男は、遺伝子組み換え食品が話題になると、テーブルを囲んでいる仲間に対し、「これ以上遺伝子組み換え食品を食べるな！」と、がぜん雄弁になった。

「遺伝子組み換え食品は、何よりも、子どもたちに多大な被害を与えるぞ。遺伝子鑑定をした結果、せがれはどうも俺と合わないんだよ。これはすべて遺伝子組み換え食品が悪い。食べ過ぎると遺伝子まで変わってしまうから注意しろよ」

同じテーブルの人は唖然としながら「その情報は誰から得たのか」と聞いたら「家内か

らだ」と、誇らしげに答えた。

学問のない人は、時として幸せな場合もあるなぁ!!

（2017年4月5日）

朝鮮半島緊迫

航空母艦「カール・ビンソン」が北上している時、緊迫した朝鮮半島情勢のなかで、中国ではこのような小話がポータルサイトを賑わせていた。

その1：

質　問：北朝鮮はなぜ大胆にもアメリカと戦争する気になれるのか？

神の答え：なぜなら、北朝鮮人はアメリカに資産を移していないし、彼らの配偶者も子供もアメリカにいないから。

その2：
質　問：アメリカはなぜ北朝鮮と戦争する勇気がないのか？
神の答え：北朝鮮は貧しすぎるから。一発のミサイルは数百万ドル。どこに落としても損になるから。

その3：
質　問：アメリカと北朝鮮の間はいったいどうなっているのか？
神の答え：思春期の若造と更年期の者がぶつかってしまったんだよ。片方は向う見ずになんでもやろうとするし、片方は何を見ても目障りで、よけいなお節介が大好きだからだ！

（2017年4月19日）

労働者階級の呼び方いろいろ

本名：労働者階級
偽名：中国の指導階級
経済学定義：低所得層
洋風の名：ブルーカラー
別名：肉体労働者
愛称：弱者グループ
あだ名：蟻族（蟻のようにコツコツと働くから）
社会学定義：生存型生活者
政治学定義：社会不安定要素
経常的呼び方：失業者
政府が与えた名前：レイオフ
民政部門の定義：生活保護者

本当の名前：貧乏人
元の名前：共産主義の後継者

（２０１７年４月26日）

トランプ大統領の議会演説の要約

トランプ大統領のアメリカ議会における初めての演説の要点を、ある中国人は次のように解釈して要約した。

1．アメリカ国民は立ち上がった！
2．資本主義の道を歩む実権派を打倒し、人民の政府を打ち立てよう。
3．空論は国政を誤り、地道に行動を重ねることが国の振興につながる。
4．安定は何よりも国家にとって重大だ。
5．大衆の利益を重視しろ。

6．積極的、かつ確実に改革開放を推進すべし。
7．アメリカ・ファーストで、愛国主義精神を大いに発揚しよう！
8．アメリカ復興の夢を実現するために奮闘努力しよう！
半可通《はんかつう》（よく知らないのに知った振りをする人）な中国人は言った。
「これはアメリカではなく、我が国のことだろう？」

（2017年5月10日）

余剰経費の使途は？

大型プロジェクトが成就し、経費は当初予算より少なくてすんだ。省の党委員会は会議を招集し、余った予算の使い道について議論した。

小学校、中学校の教育現場の条件改善に使う、刑務所の環境改善に充てるという二案の意見があり、なかなか結論が出なかったが、最後にベテランの常務委員の一言で使途が決定した。

「皆さん、よく考えてみてください。あなた方がこれから小学校、中学校に入学するチャンスがあるのでしょうか?!」

この発言を聞いた途端、会場は急に静かになり、結論が出た。

「刑務所の環境改善に充てよう！」

【蛇足】

官僚の大多数は汚職の経験があり、刑務所への有資格者なのです。

（2017年5月19日）

製豚機?

朝鮮半島情勢が緊迫する中、北朝鮮の中国に対する強硬発言が伝えられると、中国国民の反朝鮮感情が高まっている。

とりわけ、北の指導者キム・ジョンウン氏を題材にしたブラックジョークが巷で流行っている。

たとえば、このような傑作がある。


2010年、キム・ジョンウンは父のキム・ジョンイルに同行し、ピョンヤンにあるソーセージの加工工場を視察した。

一頭の豚がベルトコンベヤーに載せられラインの片端から加工機械の入り口に入り、立派なソーセージになって出口から出てきたのを見たジョンウンは、驚きを隠せなかった。


好奇心旺盛な彼は、さっそく父のジョンイルに、

「父さん、豚からソーセージを作る機械はあるけど、逆はありませんか?

つまり、ソーセージが片端の入り口から入り、豚となって出口から出てくる機械は?」

するとジョンイルは笑って答えた。

「君の母ちゃんがそのような機能を備えているよ」

※この秀でたジョーク、おわかりいただけたでしょうか？

（2017年5月26日）

Everything & Nothing

中国人に好まれている各職種の人間に対する評価です。

内科医：

They know everything & do nothing.

外科医：

They know nothing, but do everything.

精神科医：
They know nothing, and they do nothing, but they tell you everything.
政治家：
They know something, promise everything, and do nothing.
弁護士：
They know nothing, they do nothing, but they charge you for everything.
大統領：
Their left brain has nothing right, and their right brain has nothing left.
庶民：
They know everything and do everything, but they have nothing.

（2017年6月5日）

人口政策が変わった結果

中国では、一人っ子政策がついに撤廃されました。

4年後、幼稚園の玄関前は、子供を迎える保護者でごった返していました。

一人の男性が三人の男の子を連れて、玄関から出てきました。あまりにもそっくり顔の三人ですので、周りの人はついこんな質問をしました。

「三人のお孫さんは三つ子でしょう？　本当におめでたい話」

男性は頭を横に振りながら、

「一人っ子政策の撤廃は酷い話ですよ。

三人のうち、一人は息子の子で俺の孫に当たり、一人は俺の息子だ」

「もう一人は？」と聞きただすと、

「もう一人は親父の子だから、俺の弟だよ」と、男性は泣きっ面で答えました。

【解説】

小話に解説とは読者に失礼な話ですが、今一度笑ってください。

一人っ子政策が撤廃され、男性はまず自分でもう一人子供（息子）を作り、その年齢は自分の孫と同じになりました。男性のお父さんももう一人子供（男性の弟に当たる）をもうけたので、年齢は自分の孫や小さい息子と同じだが、世代でいうと自分の兄弟になるという話です。

（2017年6月7日）

一番リスクの高い職業とは

文在寅氏が韓国の新大統領に就任したのを受けて、このような話が……。

世の中で一番ハイリスクの職業は、韓国の大統領だ。歴代韓国大統領の経歴を見てごらん。彼らはいずれも人生のなかで左記のような経験をしている。

李　承晩　大統領（１９４８〜１９６０）国外追放
尹　潽善　大統領（１９６０〜１９６２）監禁
朴　正煕　大統領（１９６３〜１９７９）暗殺
崔　圭夏　大統領（１９７９〜１９８０）監禁
全　斗煥　大統領（１９８０〜１９８８）無期懲役
盧　泰愚　大統領（１９８８〜１９９３）監禁
金　泳三　大統領（１９９３〜１９９８）国外追放
金　大中　大統領（１９９８〜２００３）監禁
盧　武鉉　大統領（２００３〜２００８）自殺
李　明博　大統領（２００８〜２０１３）逮捕懲役
朴　槿恵　大統領（２０１３〜２０１７）逮捕懲役

（２０１７年６月28日）

ａｐｐｌｅの解釈

中国も日本同様、いや、日本以上に、一日中携帯電話を手放さない若者が増えている。この現象を揶揄した小話である。

先生の質問：次の英語はどういう意味か、答えてください。

An apple a day keeps doctors away.

学生の答え：林檎を一日一個食べれば、（健康にいいので）お医者さんにかかる必要がなくなります。

先生が示した答案：全然違うよ。一日中ｉＰｈｏｎｅばかりいじっているのでは、いつまでも博士号を手に入れることができないという意味だ。

（２０１７年7月19日）

豊かになった中国

前世紀の50年代から70年代にかけて、香港の豊かな生活を求め、貧しい大陸の住民が裕福な香港に逃げ出す「逃港潮」と呼ばれる不法移民ブームが起き、大きな社会問題になっていた。

広東省の党書記をつとめた習仲勲同志（習近平の父親）は、「すべて私たちが貧しいからだ。これから皆の暮らしが豊かになれば、誰も逃げなくなるよ」と述べた。

30年後、ご子息が国のトップになったら、奇妙なことに気がついた。なんと、貧しい人たちが逃げなくなったものの、今度は金持ちがみんな外に逃げ出したんじゃないか?!

※近年は中国の金持ちの海外移民熱。官僚もこぞって家族を海外に移民させ、資産の海外移転に夢中になり、中央政府からも禁令が出ている。

（2017年8月18日）

警察官の優しい気配り？

食肉処理業の男性は、ある日、暇を持て余し、闇の売春宿に遊びに行ったところ、警察に取り押さえられて罰金を払うことになった。

警察に切られた罰金の通知書には、「罪状：買春、罰金額：３０００元」と書かれていた。

これを見て、男性は涙を流しながら警察官に懇願した。

「このように書かれると、家に帰って家内に釈明できないので、家庭が崩壊してしまう」

男性の再三の懇願に心を動かされた警察官は、罰金の通知書を次のように書き替えた。

「罪状：肉に水を注入、罰金額：３０００元」

人情味豊かな警察官の機知に思わず「ありがとう！」を。

※中国では、豚肉に水を注入し、重さを増して売る悪徳食肉業者が横行して大きな社会問

題になり、政府も取り締まりを強化した。

（2017年9月6日）

夢

夜中に隣で寝ている夫が夢で泣いている。

妻は夫を起こして、何の夢を見たかを聞いた。

夫：「自分がまた結婚した夢を見た」

妻：「それはいいことではないの？　若い美人を嫁にするのはあなたの夢でしょ」

夫：「新婚部屋に入って花嫁の頭かぶりを取ったら、おまえだったよ」

（2017年9月8日）

人質

実業家の夫人が借金の取り立てに出かけ、数ヶ月後に手ぶらで帰ってきた。

実業家は「君はこの程度の仕事もできないのか」と、怒りを爆発させた。

夫人は承服せず、一歩も引かずに「確かに金は持って帰れませんでした。しかし、私は借り手の子供を人質に取ってここに連れてきましたよ」と反論した。

これを聞いた実業家は喜び「人質はどこだ！」

夫人はお腹を指さして「閉じ込めています」と答えた。

実業家「？？？」


（2017年9月15日）

「三つの代表」思想の現代バージョン

腐敗官僚が逃げたところこそ、先進的な国家である。

（北朝鮮、キューバ、ロシアに逃げた腐敗官僚は一人もいない）

腐敗官僚の子供が留学するところこそ、先進的文化国家である。

（北朝鮮に留学する腐敗官僚の子供は一人もいない）

腐敗官僚の奥さんや愛人が帰化した国こそ、広範な人民を代表している国家である。

（北朝鮮やキューバの国籍を取った腐敗官僚の奥さんと愛人は一人もいない）

腐敗官僚が逃亡する国こそ、中華民族の新文化が発展するモデルであり、全人類が進歩する方向である。

【解説】

「三つの代表」とは、中国共産党は「中国の先進的な社会生産力の発展要求」、「中国の先進的文化の前進の方向」、「中国の最も広範な人民の根本的利益」を代表するという思想。２０００年2月、当時の江沢民中国共産党総書記が、広東視察時に発表した重要思想で、改革開放政策で勢力を伸ばした民営企業家の入党を公認する根拠とされた。また、２００4年の全人代における憲法改正により、「三つの代表」が序文に盛り込まれた。

（２０１7年10月2日）

一字の差

ある人は本を書いて、『How to Change your Wife in 30 Days』というタイトルをつけた。

すると彼の本は1週間で２００万冊と、爆発的に売れた。

大ベストセラーになったところで、著者は本のタイトルに一字のスペルミスがあることに気がついた。

正しくは、『How to Change your Life in 30 Days』だった。

正直者の著者は、さっそくタイトルを修正した。

修正後、彼の本は1週間でたったの3冊しか売れなかった。


（2017年10月13日）

iPhoneは男性の敵？

アップル社の新型携帯電話「iPhone X」が発表された。暗証番号や、指紋を識別して作動する「iPhone 7」の機能に代わり、顔をスキャンして識別する新機能が搭載されて話題を呼んでいる。

ところが、これだけ便利な機能に対する中国の男性陣の評価はさんざんなもの。いや、新「iPhone」は男性の敵、女性の味方なので差別的な機種だ、と悲鳴をあげる者も多い。

その理由を聞いたら、

「いやいや、既婚の男性は絶対『iPhone X』を買っちゃダメだぞ。だって、寝ている間に女房に顔をスキャンされたら、もうなんの秘密も持てないだろう?!」

「なに? 同じことを寝ている間に女房にやり返せばいいって? それは絶対無理だよ。だって、化粧を落としたら、どんなにスキャンしたって反応しないだろう?」

（2017年10月18日）

直接本人に寄付

中国科学院（国家アカデミー）の段振豪院士は私生児の娘がいることがメディアに暴露された。

記者にただされたところ、段院士は、

「同情心から、自分の精子を寄付したまでだ」と答えた。

これを聞いた段の奥さんは怒り心頭。いったいどうやって寄付したかと問いただした。

段の答えは圧巻だった。

「赤十字社は信用できないので、直接受入れ人に寄付した」と。

市民の評価は、

「さすが国家アカデミーの会員。言うことやることのスケールが違う。我々庶民の手本だ」

「今のご時勢、身を削って人を助ける善行も難しくなったね……」


（2017年10月25日）

成熟と我慢の関係

人間の成熟度をチェックするのに、極めてわかりやすい方法がある。二つのことを我慢できるかどうかを見分ければよい。

いわゆる幼稚とは、おしっこも、おしゃべりも、どちらも我慢できないことだ。
いわゆる未熟とは、おしっこは我慢できるが、おしゃべりは我慢できないことだ。
いわゆる成熟とは、おしっこも、おしゃべりも、どちらも我慢できることだ。
いわゆる老衰とは、おしゃべりは我慢できるが、おしっこが我慢できないことだ。

（２０１７年11月６日）

「独身者の日」から「父の日」まで

６月の第三日曜日は日本も中国も「父の日」。しかし、11月11日、〝1〟が４本も並ぶこの日を「独身者の日」にしているのは中国だけかもしれない。独身者は自分へのご褒美をネット上で爆買いし、１日の総売上高が１兆円以上に上ることで有名である。また、この日を一緒に楽しく過ごしてくれる異性を募集する風習も生まれている。

「独身者の日」に因《ちな》んだこんな小話がある。

ある独身の美女が、「2017年11月11日の独身者の日を私と一緒に過ごしてくれるいい男性はいませんか？　そうしてくれる男性には、来年には楽しい父の日が過ごせるようにしてあげます」と、携帯のチャットグループに結婚を匂わせるような募集のメールを流した。

美女の言葉に色めき立ったグループの男性たちがこの話に乗ろうとしているなかで、一人冷静を保っている者がいた。そんな彼の態度を不思議に思った友人の一人が、「こんな魅力的なオファーなのに、君だけはどうして動じないのか？」と疑問を投げかけた。

男性は笑いながら、「ちょっと数えてみなさいよ。今年の11月11日から来年の6月第三日曜日まで、わずか7ヶ月余りで父親になるんだぞ。その意味するところを考えてごらんよ！」と答えた。

グループの男性たちは、「なんだ、そういうことだったのか。世の中うまい話はないね」と全員納得。

（2017年11月10日）

ムガベ大統領の貢献

アフリカ・ジンバブエのムガベ大統領は37年間にわたり実権を掌握してきたが、ここにきて与党が弾劾手続きに入りそうである。

同国の友好国である中国でもホットな話題になっている。

何しろ41歳下の大統領夫人の元夫はジンバブエ空軍のパイロットで、妻に大統領を譲った後に同国の駐中国大使にまで出世している。

この一件から見ても、同国の政局に対する中国人の関心が高いことが理解できる。

さて、ジンバブエで独裁政治を敷いてきた93歳のムガベ大統領は、同国にどのような貢献をしたのであろうか。中国では次の三点について評価が高いようだ。

ムガベ大統領は凄い！

ジンバブエに三大貢献をした。

【その一】

スーパーインフレで１０００億ドルの紙幣を発行したことで、ジンバブエ国民をすべて億万長者にした！


【その二】

12年間かけてジンバブエ国民の平均寿命を61歳から39歳まで一気に下げ、世界各国が抱える高齢化社会の一連の難題を率先して解決した！


【その三】

ジンバブエの国民は走るのが早くなった。

なぜなら、走るのが速くないと、貨幣価値が急落する前に持っているジンバブエドルで買い物ができなくなるからである。


（２０１７年11月22日）

スリの嘆き

中国では、携帯電話の普及が市民の生活スタイルに大きな変化をもたらしている。なかでも、近年はキャッシュレスの進捗が日本をはるかに凌駕《りょうが》しており、現金を使って買い物をする消費者が激減。どこに行っても携帯電話を使って支払いをする風景になった。

そこで次のような小話が生まれた。

北風が吹き荒れるなか、絶え間なく続く人の流れを眺めながら、老練なスリは思わず涙をこぼした。

街を歩くほとんどの人はもはや現金を持っていない。屋台はもとより、担ぎ屋のおっさんから野菜を買う時でさえ、携帯の二次元コードをスキャンして料金を支払うキャッシュレスの時代になってしまった。

何千年も続いてきたスリという職業は、急速に消滅しようとしている。

警察官よ、威張るな!!

「スリ」の根絶は警察官の手柄ではない。
英雄は「WeChat」と「アリペイ」だ！

※「WeChat」は、中国大手IT企業テンセント（中国名：騰訊）が作った無料インスタントメッセンジャー・アプリ。「アリペイ」は、アリババグループの二次元コードを使った非接触型決済サービス。

（2018年1月19日）

現代中国の知識人

党大会終了後、習近平体制はさらに強化され、中国の歴史を振り返ってみると、まさしく現代の「皇帝」になったといってもよい。

毛沢東時代には深い読みのある政策であったかもしれないが、一時的にせよ、百家争鳴の時期もあった。今は知識人「沈黙」の時代となった。中国の歴史上、初めてのことではないだろうか。

本音を話す勇気すらない。
反対意見を話す勇気すらない。
書き込みをする勇気すらない。
文章を転送する勇気すらない。
疑問を問う勇気すらない。
自由に憧れる勇気すらない。
民主を考える勇気すらない。
未来を追求する勇気すらない。

（2018年2月2日）

北京で道を尋ねると

首都北京では、美観上、あちこちの広告やビル名の看板がすべて取り外され、町に残っているのは「第19回党大会」で提唱された政治スローガンのみになってしまった。

そこで道を尋ねる時の会話は、次のようになってしまった。

Q：すみません、住宅建設部に行きたいのですが。

A：「腕をまくり上げて頑張れ」を左に曲がって、
「初心を忘れるべからず」のところを右に、
「使命を銘記して」をまた左に曲がり、
「社会主義核心的価値観」まで真っすぐに歩く。
「中華民族の偉大な復興」まで50メートル歩いて、
「中国の夢を実現しよう」があるビルの反対側の、
「トラもハエも一緒に叩く」の隣の、

「家は住むもので、投機するものではない」

のスローガンがかかっているビルが住宅建設部です。

（2018年3月9日）

官僚百態

どの国でも、官僚のあり方は難しいものだ。国家、国民に奉仕するという大志を胸に、困難な国家試験をパスして第一歩を踏み出すのだが、自らの夢と現実とのギャップに頭を悩ますことになる。

以下は中国の小話で官僚すべてが該当するわけではないので、前もって断っておく。

虎が言う　：平時は威厳を保ち、たまにお尻を触られることも許す。

イタチが言う：夜は鶏を襲撃するが、朝になったら鶏にご挨拶する。

犬が言う　：上司に会ったら、力いっぱいしっぽを振る。

蛇が言う　：腰を曲げる時に腰を曲げ、肝心の時に脱皮すればいい。
イカが言う　：自分に不利の時に水を濁らせる。
鸚鵡《オウム》が言う　：トップが言ったことを反復すれば、高く評価される。
鵲《カササギ》が言う　：よいことばっかり言って、悪いことを隠す。
蜘蛛《クモ》が言う　：四面八方ネットワークを築き、人脈を作ることが大事。
象が言う　：俺のような辛抱強い性格では出世が難しい。
豹が言う　：度胸で勝負。度胸のある人は勝つ。逃げ足も速い。不利な時は逃げるが勝ち。
狼が言う　：野心がなければ官界でやり通せない。複雑な官界で、派閥を持つことも大事。

（2018年3月16日）

臣下の識別方法

皇帝は周りの臣下に不信感を抱き、彼らが本当に忠誠心ある臣下かどうか識別したいと思った。

識別方法は――、

ある日の夜、最愛の美しい貴妃を呼んで、彼女の胸に黒い炭を塗り、宮廷の一室に寝かしておいた。その後、照明を消した部屋に臣下たちを誘い、貴妃の寝床の傍を通らせた。

寝室から出てきた臣下たちの手を皇帝がチェックしたところ、みんな黒くなっていたが、ただ一人だけ手が汚れていない臣下がいた。

皇帝はさっそく「この人こそ正真正銘の臣下だ。今後重用するぞ!」と宣言したところ、思わず喜んでしまった臣下の歯は真っ黒だった。

（2018年4月9日）

死ぬまで奮闘する

カリブ海の社会主義国家キューバの政治に静かな変化が起きている。

3月11日に行われた第二段階の総選挙で、600名余りの地方および国家評議会の議員が選出された。彼らによって構成される国家評議会は4月19日に投票し、現在86歳のラウル・カストロに代わる、初めてカストロの氏名を持たない最高指導者を選出する予定だ。

実は、このニュースが出るまで、お隣中国ではアメリカのクリントン元大統領の発言ということで、笑い話がポータルサイトで流行っていた。

「僕が生涯最も羨む人はキューバのフィデル・カストロ元国家評議会議長だ。だって見てごらん。

僕が幼稚園に入園した頃、彼は議長。

僕が小学校に入学した時、彼は議長。

僕が中学校に入学した時、彼は議長。

僕が大学に入学した時、彼は議長。
僕が就職した時、彼は議長。
僕が結婚した時、彼は議長。
僕が大統領に就任した時、彼は議長。
僕が大統領を退任した後、彼は依然として議長の座についていた。
彼を見て僕はやっと悟った。
共産主義のために死ぬまで奮闘するとは、こういうことだ！」

（2018年4月13日）

欲しいものはBMW

友人の甲と乙がバーでばったり出会った。

乙は甲が乗ってきた高級車のBMWを見て、

「兄貴よ、このＢＭＷはどうやって手に入れたんだ？」と訊ねた。

甲は答えた、

「車か、この間奇妙なことあったんだよ。ある日バーで美女に出会ったんだ。一緒に飲んだ後、夜、彼女のＢＭＷに乗って、山のてっぺんに上がったんだ。周りには誰もいない。星空を眺めていると、彼女は突然服を全部脱ぎ捨て、俺に向かって『欲しいものはなんでもあげるよ』と。それを聞いた俺は、すかさずこのＢＭＷに乗って逃げたんだよ」

乙はしばらく考えてから、

「兄貴よ、実にいい判断をした。どうせ彼女が脱ぎ捨てた服を取ってきても、兄貴が着ることができないからな」

「?・?・?・」

（２０１８年５月25日）

独裁者の仕事とは

国家の役割を自分勝手に割り当てる。
法律を飾りのように勝手に解釈する。
軍隊を警備員のように勝手に動かす。
権力を武器のように勝手に乱用する。
あらゆる資源を私有物のように勝手に独占する。
歴史を脚本のように勝手に脚色する。

（２０１８年５月30日）

指導者の心中での反省

我々の教育は、多くの卑屈な追随者を育ててしまった。
我々の新聞は、多くのフェイクニュースを報道してしまった。
我々の歴史は、多くの嘘に書き替えてしまった。
我々の映画やドラマは、多くの恨みを放送してしまった。
我々の価値観は、金銭のみに集中してしまった。
我々の信仰は、宗教ではなく、権力や金銭を崇拝させてしまった。
我々の常識は、白黒逆転を当然のことと教えてしまった。

（2018年6月4日）

信頼できるのは男か、女か

中国共産党の研究では、残念ながら、男より女の方がはるかに信頼できる場合があったそうだ。

かつて、日中戦争時に国民党政府の首都だった重慶では、共産党の地下党員（潜伏して反政府活動をするメンバー）が１３３名も逮捕され投獄されたが、そのうち革命を裏切ったのは全部男性党員で、20人の女性地下党員には一人たりとも裏切り者が出なかった。

女性は信仰、友情、愛情のどれに対しても忠節を貫き通しているので、肝心な時は男性よりはるかに信頼できる！

この不動の事実から学ぼう！

女性の友達をできるだけ多く作ろう！

（２０１８年6月11日）

新時代の賭博

中国人が賭け事好きなことは、今や外国でも有名である。

老婦人が50万ドルの現金を所持して銀行に入り、店長が老婦人をＶＩＰ室に案内しました。

店　長：「この現金は奥様の貯蓄財産ですか？」
老婦人：「とんでもない。賭けで勝ったお金ですよ」
店　長：「ありえない話ですね」
老婦人：「信じなければ店長と賭けてもいいですよ。明日の朝、あなたのお尻に三角形の蒙古斑が出てきます。賭け金はこの50万ドルにしましょう」

店長は50万ドルの現金を目の前にしばらく迷いましたが、賭けに応じました。店長は帰宅して、鏡の前で何度もお尻をチェックし、なんの跡もないことを確認しました。そして、翌日の朝、銀行に出勤した店長は時間通りにＶＩＰ室に入りました。（老婦人はスーツ姿の弁護士さんと先に待っていました）

老婦人：「今日は弁護士さんの立ち合いのもと、店長さんのお尻を検査いたします」
店　長：「三角形どころかなんの跡もないですよ」
店長はズボンを脱いで老婦人と弁護士にお尻を見せた。
老婦人：「確かになんの跡もないですね。私が負けました」
しかし、弁護士は顔が真っ青になり、頭を壁にぶつけ、気絶した。
弁護士：「この老婦人と１５０万ドルの賭けをしました。銀行の店長さんが私たちの前でズボンを脱ぎ、お尻を見せてくれるという賭けで……」

（２０１８年６月15日）

祖国と党と社会と人民の関係

国語の先生が次の宿題を出した。

「祖国、党、社会と人民という単語を使って文を作りなさい」

小学校三年生の明君は作り方がわからず、家に帰ってすぐお父さんに聞いた。すると、お父さんは、

「私は君に代わって宿題をすることはできないが、ヒントなら与えることができるよ。家族にたとえると、お婆ちゃんは祖国、父さんは党、母さんは社会、君は人民だよ。ヒントは以上。あとは自分で考えなさい」

と答えました。

夜、明君はどう考えてもわからず、ふたたびお父さんに聞きにいこうと思って両親の部屋に行きました。そこで彼は、お父さんがお母さんの上にのしかかっている光景を目撃し、大変なショックを受けました。お婆ちゃんの部屋に逃げようと思いましたが、お婆ち

ゃんは熟睡していてノックの音に反応しません。落胆した明君は自分の部屋に戻り、一晩すすり泣きをしました。

翌日の国語の授業で、先生はちょっと興奮気味に明君をほめました。

「皆さん、明君が作った文は実に素晴らしい。読みますからよく聞いてください。祖国が熟睡する中、党は社会をもてあそび、社会は呻《うめ》き、人民はむせび泣きをしている……」

（2018年6月18日）

代役を頼む

サッカーのワールドカップ・ロシア大会が14日開幕した。フーリガンに代表されるように、どこの国でもサッカーファンは熱烈で情熱的である。

中国チームは予選を突破できず参加できなかったが、熱烈なサッカーファンの一人は、6月14日のワールドカップの開幕戦のチケットを1枚持っていたが、あいにく、彼はその日に結婚式を挙げる予定。チケットを購入する時はまだ挙式の日程が決まっていなかった。

彼はチケットを無駄にしたくないので、親友たちに必死に頼みまわり、

「誰か14日に私の代わりに結婚してくれる人はいませんか」


（2018年6月27日）

たまには弱腰になってもいいじゃない？

アメリカ政府が中国製品に対する制裁関税を発表すると、中国政府も報復関税で応酬する米中貿易戦が全面展開の様相を呈している。

これに対して、中国国内の世論も分かれている。断固とした報復措置を講ずる言論が高まる一方、貿易戦争になれば、結局両国民が最大の被害者になるのは自明だから、なんとしても回避すべきだとする妥協論の支持者も多い。

空威張りしても損するだけだから、たまにはアメリカの前で弱腰になってもいいじゃな

いかという主張もある。主張者たちはこのような根拠を挙げている。

1. ハーバード大学は北京大学よりランクが上だろう?
2. マサチューセッツ工科大学（MIT）は清華大学より実力があるだろう?
3. 空母レーガン号は、遼寧号（中国初の空母）より強いだろう?
4. 国連本部はニューヨークにあって、上海にあるんじゃないだろう?
5. 世界の為替決済のセンターはウォール街にあるだろう?
6. ハリウッドは横店（中国浙江省金華市横店鎮にある世界最大の映画スタジオ。チャイナウッドとも呼ばれる）より素晴らしいだろう?
7. アメリカのコンドームは我が国産のものより大きいだろう?

だったらそんな空威張りをするな!

メンツにばっかりこだわって、自分の首を絞めるのをやめようよ。

（2018年8月3日）

お嬢様、もう芝居はやめてよ！

中国の「WeChat」で流れているキャプション付き写真で、李克強総理が広東省東莞市の工場を視察する時の映像を見て、発信者がおかしいと話題にしたものです。

画像には、溶接トーチを持って溶接作業を行う女性労働者が映っています。

一見、一心不乱に作業をしているように見えますが、よく見ると、トーチの持ち方がおかしい。柄の部分を握るのではなく、なんと、先の金属の部分を握っているではありませんか?!

これだと、手があっという間に焼けて溶けてしまいます！

明らかに総理視察に備えたお芝居だとわかります。

発信者のコメントを和訳すると……

下の黒体字のタイトル：

「お嬢様、もう芝居はやめてよ。これだと、手が火傷するんじゃないの?」

上段のコメント:

総理の視察で、このお嬢さんが一気に有名になったぞ! よく焼け死にしなかったもんだな。

もう一人のコメント:

総理が東莞で工場視察、組み立て工場の労働者まで政府の職員が扮しているんだ。溶接トーチの持ち方は本当にこれでいいの? お前、焼け死にするぞ! 中国の官界のやらせによる虚偽と馬鹿らしさは、ある程度は知っていたが、この写真はやらせがバレバレだ。すべての官僚がこうやって自分たちの上司にゴマをすっているんだぞ!

(2018年11月2日)

俺の親父は誰か?!

成金の御曹司が高級車に乗り、スピード違反で女性の警察官に止められた。警察官が罰金のチケットを切ろうとしたら御曹司が大激怒し、警察官に向かって怒鳴った。

「俺の親父は誰だか、知らないのか?!」

御曹司は権勢と金銭を持つ親を引き出せば、警察官がビビるだろうと思ったが、警察官は冷静沈着に答えた。

「それは、あなたの母ちゃんに確認した方がいいよ」と。


【蛇足】

「小話」に説明は無用だが、時々知人から説明を求められることがある。この「小話」は、中国でも妻の浮気が多いことにひっかけ、警察官のトンチのきいた返答が可笑《おか》しいのです。


（2019年1月16日）

どの罪名がいい？

同窓会の後、某氏は女遊びに行こうと、その手の店に入った。しかし、不運にも反腐敗の取り締まり隊に遭遇し、留置場で15日間拘留された。

奥さんは処罰の通知書を受け取ると激怒し、同窓会を呼びかけた某氏に電話し、怒りをぶつけた。某氏はたいそう落ち着いて、こう説明した。

「奥さん、事情を聞いてください。兄貴は昨晩大酒を飲んだにもかかわらず、執拗に車を運転して帰宅しようとした。いくら止めても、家内が家で待ってくれているから俺は帰ると、聞いてくれなかった。挙句の果てに、飲酒運転で警察に捕まっちゃった。僕らはいろんなコネを使って、やっと罪名を買春に変えたんだ。さもないと、飲酒運転で6ヶ月の実刑と、運転免許の剥奪を食らってしまう。刑務所を出てから、また免許を取らなければならない。どちらの罪名がいいか奥さん、よーくお考えください」

これを聞いて、奥さんは一転破顔し、「恩に着ますわ。皆さんに深く感謝します」と礼を言った。
友人とはありがたいものですね。

（2019年2月5日）

国家指導者の評価　社会主義と資本主義の違い

以下はすべて報道された言葉である。

エンゲルスは、マルクスのことを天才だと褒めた。
レーニンは、マルクスとエンゲルスのことを天才だと褒めた。
スターリンは、レーニンのことを天才だと褒めた。
毛主席は、マルクス、エンゲルス、レーニンとスターリンのことを天才だと褒めた。
フォード大統領は、ニクソン大統領のことを馬鹿だと罵倒した。

カーター大統領は、フォード大統領のことを馬鹿だと罵倒した。
レーガン大統領は、カーター大統領のことを馬鹿だと罵倒した。
クリントン大統領は、パパブッシュ大統領のことを馬鹿だと罵倒した。
ジョージ・W・ブッシュ大統領は、クリントン大統領のことを馬鹿だと罵倒した。
オバマ大統領は、ジョージ・W・ブッシュ大統領のことを馬鹿だと罵倒した。
トランプ大統領は、オバマ大統領のことを馬鹿だと罵倒した。

報道だけ見ていると、「社会主義は天才を輩出し、資本主義が生み出したのは馬鹿だらけ！」ということになる。

（2019年2月20日）

米朝会談決裂の真相

ハノイで行われたトランプ米大統領と北朝鮮の金正恩委員長の第二回の会談は、合意文書の締結も宣言の発表もなく、物別れに終わりました。その理由について諸説があるなか、中国の巷間では、次のような推測が流れました。

会談で金委員長は、「我々は強大な新しい朝鮮を作らなければならない」と発言しました。

英語に訳せば、「We will build a strong new Korea !」になります。

ところが、北朝鮮側の通訳の発音が正確性を欠き、トランプ大統領の耳には次のように聞こえました。

「We will build a strong nuclear !」

訳すと、「我々は強大な核戦力を作らなければならない」という意味になります。

これを聞いた途端、トランプ大統領は机を叩き、会場を後にしました。

（2019年3月11日）

酔っ払い運転取り締まり

お巡りさんは酒気帯び運転を取り締まるためにレストランの駐車場に待機していた。そこへレストランから千鳥足の中年男性が出てきて、車のエンジンをかけたところでお巡りさんは彼を車から引っ張り出しアルコール測定をしたが、不思議なことに検出されなかった。

「なぜ千鳥足で歩いたのか？」との尋問に、中年男性は、

「今日は戦友の食事会。当時私は偵察小隊長だった。今晩の任務はお巡りさんの注意力を引き寄せ、戦友たちを無事撤退させることであった」

お巡りさんたちは目を丸くして唖然呆然であった。

不動産バブルは存在しない

（2019年4月10日）

今年の「両会」、すなわち全国人民代表大会と政治協商会議が閉会しました。「両会」代表たちのいろいろな発言がソーシャルメディアで取り上げられて話題になりましたが、なかには次のようなものがありました。

不動産研究で有名な政治協商会議委員の陳氏から、

「あらゆる手段を使って不動産価格の高騰を抑制しようとしたが、結果的に抑制できなかった。これは、もともとバブルは存在しなかった証《あかし》である」と発言したのです。

この発言は物議を醸し、ネット上が騒然となりました。なかには以下のようなコメントもありました。

「あらゆる手段を使って腐敗をなくそうとしても腐敗が消えなかったのは、腐敗はもともと存在しなかった証だ」

「あらゆる手段を使って大気汚染を改善しようとしても空気が一向にきれいにならなかったのは、大気汚染はもともと存在しなかった証だ」

「あらゆる手段を使って便秘を治そうとしても治せなかったのは、うんこがもともと存在しなかった証だ」

「あらゆる手段を使って世の中のバカを根絶しようとしてもバカが消えないのは、この世にもともとバカがいなかった証だ」


（２０１９年4月12日）

インフレとは

妻は公認会計士の夫に「インフレとは何か？」と聞きました。

夫はわかりやすく、こう答えました。

「あなたのスリーサイズを例に挙げて説明しましょう。あなたは昔、上から90センチ・60

センチ・90センチでした。それが今120センチ・100センチ・120センチに変わりました。あなたが有するすべてのものが前より大きくなりましたけれども、あなたの価値は逆に低くなってしまいました。これがいわゆるインフレですよ」

（2019年6月3日）

放置車両のうまい処理方法

団地の入り口の道端に10年ほど前から、タイヤが外され、窓ガラスも割れた放置自動車があった。通行の邪魔になるので関連部門に電話して苦情を言い、片づけてほしいと訴える人が数え切れないほどいたが、責任のなすり合いで誰もやってくれず、車は置き去りのままだった。

ところがある日突然、クレーン車で自動車は片づけられた。

理由は、誰かが車体にペンキで「民主自由」と落書きしたためだった。

※若干の説明が必要だろう!!
中国では、政治に関われば、どんな些細なことも大事件である。しかし、民生に関わることは、当局は関心がなく放置される。

（2019年6月19日）

席を譲るべきか?

お爺さんがバスに乗ると、年齢からして自分に席を譲ってもいいと思って、座っているお婆さんに、

「あなたは今年おいくつですか」と、訊ねました。

お婆さんは、

「68歳ですよ」と、答えました。

お爺さんは笑いながら、

「若者よ、早くこの私に席を譲ってくれませんか。私は今年93歳ですよ」と、言いまし

た。
お婆さんも笑いながら、こう答えました。
「誠に申し訳ありません。私は妊娠しているの。第二子です」と。
この答えを聞いてお爺さんは「私も頑張らなければ」と、つぶやきました。
※中国では一人っ子政策で人口減少が明確になってきたので、二人目の子供を認めることになった。そこで、国民が高齢出産でもと頑張っている姿をからかった小話です。
（2019年7月5日）

これが米中貿易戦?!

中国にも日本の落語に出てくる「熊さん」がいる。
中国の熊さんが知識人に聞いた。

熊さん：「米中貿易戦争が始まったというが、先生、本当かい？」
先　生：「本当だよ」
熊さん：「そうかなぁ。だってアメリカの戦争相手は主にＺＴＥ（中興通訊）、華為技術（ファーウェイ）、ＤＪＩ（大疆創新科技有限公司）だよ」
先　生：「その通り、熊さん。いやに勉強しているね」
熊さん：「それなら先生、３社とも深圳市で生まれた企業だから、アメリカと深圳の戦争ではないのかね」
先　生：「？・？・？」

（２０１９年７月17日）

どの国の酒がいいか？

フランス人とイギリス人と中国人が、どの国の酒が一番いいかについて声高に議論した。

フランス人はワインが一番だと主張し、イギリス人はウイスキーが最高の酒だと力説し、中国人は我が国の白酒こそ一番だと突っ張る。三者ともに譲らないのでマウスを使って実験し、勝負をつけることになった。

最初のマウスはワインを飲んで、即興でピアノを弾いた。

次のマウスはウイスキーを飲んで、楽しくソーシャルダンスを踊り出した。

3匹目のマウスは中国の白酒を飲んで、勢い台所から包丁を取り出し、すさまじい形相で「猫の野郎はどこだ！」と騒ぎ出した。

これを見て、フランス人もイギリス人も、「中国人がアメリカ人に喧嘩を売る理由がわかった。やはり中国の酒が一番だ」と、納得した。

（2019年8月16日）

盗難バイクを取り戻す方法

ある女性の電動バイクが盗難に遭いました。

すぐ警察に通報しましたが、警察は見つかる可能性が薄いと、冷淡な対応でした。

女性は、「荷物入れに汚職を通報する資料が入っているんです。万が一情報がもれて公表されたらどうしよう」と、機転を利《き》かせました。

すると、半日もたたないうちにバイクが戻ってきました。

（2019年8月19日）

中国製品を隠せ

米中貿易戦に因んだ話です。

アメリカのある上院議員がオフィスを出る前に専業主婦の夫人に電話し、同僚二人を自宅に招いて夕食を共にするので、家の中の中国製品を全部隠すように指示しました。もし家に充満する中国製品を同僚たちに見られたら、自分はトランプ大統領が発動した中国に対する貿易制裁に協力せず、愛国心が低いと思われてしまう可能性があると考えたからでした。

上院議員に案内された同僚たちは、まず家の門と窓が取り外されていることを見て驚きました。さらに家の中に入ると家具も絨毯も調度品も消え、空っぽになっていることに落胆してしまいました。

そして上院議員も同僚も信じられない光景を目にしました。

なんと、上院議員夫人は一糸まとわぬ姿で三人の前に現れました……。

（２０１９年９月25日）

女性の地位を変えたのは？

アメリカの有名なテレビジャーナリスト、バーバラ・ウォルターズ（Barbara Walters）は、湾岸戦争前にクウェートを訪問した時、同国の女性の地位の低さに驚いた。

宗教伝統の束縛で、街では妻は夫から10ヤードくらい後ろしか歩けないことを彼女は嘆いていた。

湾岸戦争後にクウェートを再訪したら、状況が変わったことに驚いた。夫は妻から10ヤード離れて、妻の後ろを歩くようになっていた。彼女はクウェート人の女性に「実に素晴らしい変化だ！　男女のこの地位の変化を変えたのはいったい何でしょうか？」と訊ねたら、女性は「地雷だ」と答えた。

【蛇足】

私は妻と手をつないで歩いたことがない。いつも私の後ろを歩いていた。

近年、妻が先を歩くようになり、一度手をつないで歩いてみようと申し入れたところ、「いずれ手を引いてあげるわ」と言われてしまった！

（2019年12月2日）

汚職は文化？

王先生夫妻は長旅に出かける前に、万一留守中に泥棒が入り、金になるものがなく、腹いせに家の中をめちゃめちゃにされることを恐れて、ダイニングテーブルに1000元の現金と泥棒への書き置きを残した。

「ご苦労様です。ごめんなさい。私たちは定年になった教師で、家に現金を置いていません。でも無駄足をさせたくありませんので、テーブルの上に置いた1000元は持っていって結構です。なお、当マンションの反対側の別荘に大企業の会長、隣は社長、当マンションの18階は財政局長、16階は病院長、12階は大学学長が住んでいます。これらの家は収入が多いし、あまり銀行預金はしていないようですから大量のタンス貯金があると推測され、盗まれてもワイロなので警察に通報しないと思います。6階以上10階以下は課長クラスの幹部宅で、状況判断はお任せします。5階以下は私たちのような普通の教師が住んでいますので、ねらい目はあまりないと判断します。収穫があることを祈ります」

1週間後、帰宅した王先生は、ダイニングテーブルに10万元の現金とメモが置いてあるのを発見。

「先生のご教示に感謝します。今回の営業活動は順調に終了し、収穫も大きかったです。謝意を表すため10万元の報奨金（情報提供料）を置かせてもらいます。可能であれば、今後も引き続きご教示をいただき、情報提供をお願いします。ありがとうございました！」

【蛇足】
中国は習近平がいくら汚職取り締まりを強化しても「汚職は文化の一部」であり、それを皮肉ったものです。

（2019年12月20日）

指導者のミス

指導者が専属運転手に賄賂金を自宅に届けるよう指示し、ばれないようにと念を押した。

運転手は下着のポケットにお金を隠し、指導者の自宅に到着した。

運転手は夫人に「お家には誰もいませんね」と確認した。

夫人は「誰もいないよ」と答えた。

運転手は「それはよかった」と言いながら、ベルトを取り、ズボンを下ろそうとした。

夫人は「乱暴なことはやめてね!!」と慌てた。

運転手は「お金をあげるから」と言った。

夫人は「お金はいらないわよ。旦那にばれたら大変だから」と恥ずかしそうに言った。

運転手は「指導者の指示でやってきたのだ」と応じた。

夫人は「彼は実に官僚主義だ。こういうことも人にやらせるのね」と微笑みながら、洋服を脱ぎ始めた。

【蛇足】

中国では共働き夫婦も多く、想像以上に不倫が多いのも事実のようです。

（２０１９年12月23日）

私の「中国の夢」

「中国の夢（チャイニーズ・ドリーム）」は、習近平国家主席が好んで使う言葉で、かつての超大国への地位回復のため、軍事力強化の必要性も強調している。

しかし、中国人民の「中国の夢」は、以下の通り、千差万別である。

国連本部を北京に移転させる。

習近平国家主席は台北を視察する。

中国サッカーがワールドカップで優勝する。

中国はホワイトハウスへの誤爆について、アメリカに遺憾の意を表明する。（これはかつて、ユーゴスラビアの中国大使館へのアメリカの誤爆を揶揄したもの）

上海株は100万ポイントの大台を突破。

空母「遼寧」号がハワイ基地で補給する。

大陸と台湾をつなぐ大橋が開通する。

人民元が国際決済通貨になる。

アメリカ国民が中国に密入国する事件が多発する。

ケンタッキーのチキンを羊肉にかえる。


（2020年2月5日）

教具の毀損?!

ある国立の芸術大学の男子学生は、人体デッサンの授業のモデルの女性と仲良くなり、彼女を妊娠させてしまった。

大学の風紀委員会はこの件を重く見て男子学生を処罰すべく検討したが、校則を調べても適用できる関連規定が見つからず、長い議論をしたが結論が出なかった。

しかし最後になって、法学部の某教授が長年蓄積した法学の知識と経験をいかし、男子学生を退学処分にする理由を考え出した。

退学の理由は「大切な教具を毀損し、著しく変形させてしまった」というものであった。

（2020年2月19日）

間違いない

あるアメリカ市民が公の場で「トランプはバカだ」と大声で叫び、警察に大統領を侮辱したという罪名で身柄を拘束されました。

市民は「アメリカにはトランプという名の人が大勢いるのに、どうして私が罵《ののし》ったのは大統領と特定できるんだ」と、警察官に反論しました。

警察官はきっぱりと「あなたは〝バカ〟という言葉を使いましたね。それは大統領に間違いありません！」と答えました。

捕まった市民は、黙ってうつむきました。

（2020年4月20日）

慣れちゃってた新婚初夜

新婚初夜、新郎新婦とも夜の営みは初めてだと言う。

ことが終わり、新郎は煙草に火をつけて一服。

それを見て新婦は、「男の人ってどうしてみんな、終わった後に一服吸うの？」と訊ねた。

新郎は「この一服が至福の時なんだよ」と答えた。

気まずくなった二人の間に、長い沈黙が続いた。


（2020年4月21日）

誇大広告？

「簡単にあなたの男根を長く太くできる。手術もいらない、入院もいらない」

この広告を見た男は、すぐさま広告の二次元コードに送金しました。
数日後、小包が届き、男が慌てて開けてみたら、拡大鏡が入っていました。

（2020年4月22日）

売春婦の言い訳

警察官：売春容疑で逮捕する。
女　性：私は売春なんてしてないわ。
警察官：嘘をつけ！　証拠があるぞ。
女　性：10元のコンドームを200元で売ったので、ちょっと物価を引き上げただけよ。
警察官：売った後は売春したろう？
女　性：してないわ。ただコンドームの使い方を教えただけよ。それはアフターサービスの範囲でしょう。

警察官：？・？・？

（2020年4月24日）

中国人とアメリカ人の口喧嘩

アメリカ人：中国人と違って、アメリカは噛み終えたチューインガムをコンドームに加工して中国に輸出しているんだよ。

中　国　人：それは大したことではないよ。中国人は使い終えたコンドームをチューインガムに加工してアメリカに輸出しているんだ。

（2020年5月26日）

マスクの利用方法

香港の人たちのマスクの利用方法は二つあった。

２０１９年は民主化に対する抗議デモなどに参加する「怒れる若者」たちがつけたマスク、２０２０年は新型コロナウイルス感染症から身を守るために市民がつけたマスクです。

２０１９年は街でマスクをつける者を見かけると怖く感じていましたが、２０２０年はマスクをつけない者を見ると怖く感じます。

２０１９年はマスクをつけるのは法律違反でしたが、２０２０年はマスクをつけないと命取りです。


（２０２０年６月９日）

屋台スペース

中国全人代の記者会見で、李克強総理の二つの発言が話題を呼んだ。一つは国民の生活水準に触れ、「一人当たり1ヶ月の可処分所得が1000元（約1万5000円）以下の国民がまだ6億人もいる」と述べ、もう一つは、四川省成都市が路上の屋台経営にゴーサインを出したことによって「一夜で10万人の雇用が生まれた」と絶賛したことだ。

庶民の生活に不可欠な屋台は、過去に衛生上の問題や都市の景観を害するなどの理由で取り締まりの対象になって多くの失業者を出し、消費者からも反対意見が噴出していた。しかしコロナ問題で失業者が激増したので、この決定は大いに歓迎された。いったん町から消えた屋台の復活に加え、弁護士屋台、カウンセリング屋台など、実にさまざまな「新屋台」が登場した。

この現象を揶揄した投稿がSNS上で活発だ。なかには、このようなものもある。

串焼き屋台の主人は……、
「儲からない商売なんてないよ。頭を使わなくちゃ。固くて錆びついた人間の頭ではダメだ」と言って、セクシーな姿の二人のウェイトレスを雇って以来、商売は大繁盛だそうだ!!

（2020年6月16日）

妻の浮気

妻が浮気現場を旦那に押さえられてしまった。旦那は拳を振り上げて問い詰めた。

旦那：「死ぬ前に言いたいことがあるのか?」

妻　：「こうなった以上、殴るも殺すもあなたの勝手だわ。あなたのような約束を守らない人にはもう何も言いたくない」

旦那：「俺はいつ約束を守らなかった？」
妻　：「だって今晩は帰ってこないと言ったじゃない」

（2020年7月8日）

複雑な家庭

息子がお父さんに「隣の女の子が好きになった」と言った。

お父さんは息子に「彼女は君の母違いの妹だから、友だちにしかなれないよ」と言った。

息子が「右隣りの女の子も好きだ」と言った。

お父さんは「彼女も母違いの妹だよ。お母さんには内緒だけど」と言った。

息子は泣きながらお母さんに訴えた。

するとお母さんは「お前の好きなようにしなさい。お前は父さんと血がつながっていないんだから」

説得の方法とその効果

（2020年8月27日）

ボーナス支給の時期が迫り、会長は傘下5社の社長を集め、「コロナの影響を受け、会社全体の運営状況が悪くなり、今期はボーナスの支給を見送ることが決まった」と発表。社長たちにそれぞれの社員たちに説明するよう指示した。

A社社長：「今年は会社の運営状況が悪いため、ボーナス支給は見送ることが決まった。皆さんに理解してほしい」と説明。

※社員たちは、そんなのおかしいとA社長を罵倒した。

B社社長：「今年は会社の運営状況が悪いため、ボーナス支給は見送ることが決まった。そして、本社から人員削減まで提案されたが、僕が大反対したため、人員削減は避けられた」と説明。

※社員たちはB社長の努力に感謝感激の念を抱いた。

C社社長：「今年は会社の運営状況が悪いため、ボーナス支給は見送ることが決まった。そして、本社から人員削減まで提案されたが……」とこれだけ説明して解散した。

※当日夜、C社長の自宅前で多くの社員が手土産を持って待っていた。

D社社長：「今年は会社の運営状況が悪いため、ボーナス支給は見送ることが決まった。そして、本社から人員削減まで提案された。具体的な削減案は会長が決定する」と説明。

※当日夜、会長の自宅前で多くの手土産を持ってきた社員が長蛇の列。
会長はD社社長に電話し「君は知恵がある、本社の社長に抜擢する」と告げた。

E社社長：「今年は会社の運営状況が悪いため、ボーナス支給は見送ることが決まった。

そして、本社から人員削減まで提案された。経験不足な若い女性職員からすすめられる可能性が高い」と説明。

※当日夜、E社社長のスマホに次々にショートメールが届いた。

「××社長、一緒にお酒を飲みたい」

「××社長、××ホテルの438室でお待ちしています。ぜひ来てください」……

結論：同じことでも伝達の方法が違えば、全く違う効果があることが証明された。

（2020年10月2日）

生き埋めか？

記者は街頭インタビューで、ある老人にこう質問しました。

「お爺ちゃん、広州市は6・2億元の予算を投じて、役人専用の共同墓地を建てる計画を持っているようですが、感想を聞かせてください」

老人は一瞬考えて、記者にこう反問しました。

「あいつらを生き埋めにするというのかい？」


（２０２０年10月9日）

裁判所の名判決

山東省は経済が進んでいるだけではなく、法律法規の整備と執行面でも進捗が著しい。山東省で起きた次の裁判がこれを象徴している。

「水田での牛の交尾が裁判に」

最近山東省鄒城市で、農家の牡牛と牝牛が近所の徐氏の水田で交尾し、水田にダメージを与えたので、賠償を巡って法廷争いになった。

牝牛を持つ農家は「牡牛が自分のところの牝牛に暴行を加えたので、牡牛を所有する農家が損害を賠償すべきだ」と主張。一方、牝牛の所有者は「牝牛が牡牛を誘惑したので誘惑する側に責任があり、牡牛の持ち主が賠償すべきだ」と譲らない。鄒城市人民法院は審理した結果、交尾は双方の願望に基づいた行為なので、双方が賠償金を折半して支払う判決を出した。

双方ともこの一審の結果を不服とし、済寧市中級人民法院に上訴した。

二審の結果、牝牛の持ち主が三分の二、牡牛を持つ農家が三分の一の賠償金を払う判決が出た。中級人民法院が出した判決の理由は、「交尾の時牝牛は四本の足で水田に立っていたのに対して牡牛の方は二本の後ろ足で立っていたので、破壊した作物は牝牛の半分になる」とのこと。

この判決を受けて、牡牛を持つ農家は、中級法院による二審は確かに鄒城市人民法院の一審よりレベルが高く、司法の公平性を具現したと感激した。

一方、牝牛の所有者はこの判決に承服せず、さらに山東省高級人民法院に上訴した。審理の結果、法院は次のように認定し、判決を下した。「牝牛は確かに四本足で水田に立っていたが、交尾中はじっとして場所を動かなかった。一方、牡牛の方は二本の後ろ足で立っていたものの、交尾中は何度も場所を変更し、角度を変えながら行為を続けていたので、実際に作物に与えた破壊は牝牛よりも大きい。よって牝牛側は被害額の五分の一、牡牛側は被害額の五分の四を負担する」

この判決結果を聞いた人々からは名判決に感服の声があがった。

※これは実際にあった事件です。

（2020年10月19日）

同じ看板でも大違い

「自由、平等、公正、法治」の看板がある。

町に立てた看板は評価される。

その看板を掲げて町を歩いたら、警察行き。

※中国は自由・平等・公正・法治を社会で標榜し、看板やスローガンとして街道に掲げられているが、それを主張するデモや集会は法律で禁じられている。

（２０２０年10月27日）

心理学と政治学の闘い

大学の図書館で、男子学生が女子学生の隣に来て、「この席に座ってもいいか」と聞いた。

女子学生は大きな声で言った。

「いや!!　あなたとベッドを共にしたくないね」

図書館にいた人々の目は皆、男子学生に向けられ、男子学生は恥ずかしくて下を向いてしまった。

数分後、女子学生はその男子学生の机の前に来て、「私は心理学を専攻しているから、あなたが心の中で何を考えているのかテストしただけよ」とつぶやいた。

男子学生は突然大きな声で「一晩1000元なんて高すぎだよ」と叫んだ。

図書館にいた人々は驚いて女子学生を見た。

男子学生は「僕は政治学専攻だから人をダメにする方法は知っている」とつぶやいて、その場を離れた。

（2020年11月10日）

アメリカ大統領選に因んで

アメリカ大統領選ではトランプ大統領と民主党候補のバイデン氏の間で大激戦が繰り広げられ、中国では共産党の重要な方針を決定する5中全会よりも、この歴史に残る大選挙への国民の関心が高い。

メディアがバイデン氏の勝利を報道したものの、トランプ大統領は頑として敗北を認めない異例の状況を見て、中国の巷間にこのようなジョークが流行りました。

ジョーク1：

なに？　バイデンが大統領に当選したことをトランプが認めないだって？

二人が争う意味は全くわからない！

バイデン氏が大統領をつとめ、トランプ氏は党書記に就任すれば問題はすべて解決し、両陣営ともハッピーじゃないか！

※アメリカの大統領選は、民主党と共和党の候補者が、各州からの合計538人の選挙人を争い、270名以上を獲得した者が当選するという仕組みを知って、このようなジョークが生まれました。

ジョーク2：
俺が一番望むのは、民主党と共和党が獲得した選挙人の数が拮抗し、269人対269人の結果になることだ。理由は、そうなると、あの強いアメリカが分裂し、USAとUSBができるからだ！

（2020年11月18日）

株投資のリスク

お年寄りが警察に詐欺の被害届を出した。

一所懸命貯めた100万元（1600万円相当）を投資信託に預けたら、詐欺だとわかった。

その後、年寄りを対象に金融詐欺を行う犯罪グループが摘発され、年寄りの100万元も戻された。

警察が被害者に忠告した。

お金を詐欺グループに騙し取られたのは幸いだった。

もし本当に株に投資したら、お金は戻ってこなかったよ。


（２０２０年11月20日）

ＳＮＳでのデマと事実の判別方法

そのことを微博《ウェイボー》に書き込んで、30分以内に削除されたら、それは真実である可能性が高い。

ＩＤまでストップされたら、真実であることは決定的。

２週間たってもそのまま放置されたら、デマである。


（２０２０年12月10日）

幹部の条件

男は彼女の両親に結婚の了解を得るため挨拶に行き、同じ職場の上司だと嘘をついた。夕食後、彼女の父親が「君は普通の貧乏青年なのに嘘をついた。だから娘との結婚は許さない」と言った。

驚いた男が「どうやって見破ったのですか？」と聞くと、彼女の父親は次のように理由を並べた。

第一：君は肉をたくさん食べていると話したね。
　今の幹部は健康第一で、みな野菜を食べるようになっているんだよ。
第二：二杯飲んだだけで出来上がってしまったね。
　幹部はみんな大酒飲みだよ。
第三：飲んだ酒の値段を知っていたね。
　幹部は自分で酒を買うことはない。

すべてもらいものだから値段なんか知らないよ。

第四：忙しいかと聞いたら、業務は忙しいと答えたね。

　現在の幹部はみな政治学習に追われて、業務なんてやる暇がないんだよ。

「君は上司でも幹部でもない平社員だ。しかも嘘つきの習慣があるね。だから娘はやれないよ」

（2021年4月22日）

遺産分与

老人は亡くなる前に遺産分与をした。

長男には「奥さんが出産間近だから、預金通帳をあなたにあげる」。

次男には「もうすぐ結婚するから、この家をお前に残す」。

三男には「一番心配なのはお前だ。彼女もいないだろ。俺の一番貴い財産をお前にあげる」と言いながら、スマホを出して「ウィチャットモーメンツの暗証番号をあげる。300人以上の若い女性の連絡先があるからね」。

（2021年5月5日）

あなたはどの階層？

中国国家統計局が発表した「中国統計年鑑2019」では、中国の各階層の収入と総人口に占める割合が明らかになった。

詳細は以下の通り。

4月19日のレート：1元＝16・6円

・超低収入層：

月収1000元（1万6600円）以下：5億6000万人　39・696％

・低収入層
月収1000元（1万6600円）～2000元（3万3200円）：3億1000万人　22・125％
月収2000元（3万3200円）～5000元（8万3000円）：3億8000万人　27・122％
・中収入層
月収5000元（8万3000円）～1万元（16万6000円）：8000万人　5・71％
月収1万元（16万6000円）～10万元（166万円）：4000万人　2・855％
・高収入層（富裕層）
月収10万元（166万円）～50万元（830万円）：2500万人　1・784％
・超高収入層（超富裕層）
月収50万元（830万円）～100万元（1660万円）：500万人　0・357％
月収100万元（1660万円）～500万元（8300万円）：100万人　0・011％

月収5000万元（8300万円）以上：10万人

◆月収5000元以下の人は約90％。

月収2000元以下の人は約62％。

月収1万元以上の人は7110万人。

（2021年5月10日）

通訳にご用心!!!

マイクロソフト社の共同創業者ビル・ゲイツさんと妻のメリンダさんが離婚しました。現在シアトル在住で、両氏が作った財団の中国人通訳のワンさんが関与しているという噂があります。本人は否定していますが、火のないところには煙は立たないでしょう。

通訳と仲良くなった有名人といえば、ノーベル賞物理学者の楊振寧博士。彼は82歳の年に、28歳の英語通訳翁帆さんと結婚しています。

その前に、メディア王のマードック氏は70歳の時に、30歳の中国人通訳の鄧文迪さんと結婚しています。

さらにたどれば、国民党の蒋介石総統も、総統の英語通訳をしていた宋美齢さんと仕事を通じて愛を育み、めでたく相思相愛の夫婦になりました。

何も国民党だけではありません。劉少奇国家主席の奥様の王光美さんも、主席の英語通訳をしていました。

ビル・ゲイツについて、もう一つの小話

妻メリンダの友人：「あなたの夫は世界中を旅しているし、親しい女性ができるかもしれないから注意が必要よ」

メリンダ：「そんなことはないわよ。私は心配していないわ!!」

友　人：「どうしてそんなことが言えるの？」

メリンダ：「夫はマイクロソフト社の創立者でＣＥＯよ」

友　人：「それとどんな関係が？」
メリンダ：「ビルもマイクロソフトなの」

（2021年5月14日）

月収と反米の関係

米中関係が悪化し、両国ともいろんな分野で対決姿勢を強めている。果たして国民レベルで、この対決姿勢はどういう傾向性を持っているでしょうか。

中国の巷間では、次のような分析がなされています。

月収3000元（4万9800円）の人たちは、反米に没頭。
月収3万元（49万8000円）の人々は、アメリカ旅行に熱中。
月収300万元（4980万円）の人たちは、アメリカ移住に躍起。

月収3000元の人たちは、月収3000万元（4億9800万円）以上のごく一部の人たちを反米の方向に誘導。

（2021年9月16日）

あとがき

「歌は世につれ世は歌につれ」というが、これまで紹介した「中国の小話」もまた、同様に世につれ変化している。

私の『紳士の「品格」』シリーズの第三弾は「中国の小話」特集にした。読んでおわかりの通り、この小話の中には下品な作品も多く、とても『紳士の「品格」』とはいえない。

これまで刊行した『紳士の「品格」』シリーズは、その一が「わが懺悔録」、その二が「雑学のすすめ」、そして今回が「中国の小話」である。

中国のネットユーザーたちは、当局におびえることもなく冷めた目で中国人特有のユーモアのセンスと巧みな表現で、中国共産党や政府に対する批判や皮肉でうっ憤をはらしてきた。

庶民も腹を抱えて笑ったことであろうが、近年、習近平政権のSNSに対する管理は極めて厳格となり、鋭い風刺や体制批判を含んだ小話は激減している。

SNSの国家管理は世界で中国が最も厳しい。

残念ながら、今後は体制批判を含む鋭い風刺は期待されそうにない。そこで「中国の小話」の挽歌としてここに上梓した。

本書上梓にあたり示唆を下さったＰＨＰ研究所の佐藤義行氏と編集者の池口祥司氏に感謝したい。

さて、読者にお願いしたい。この本を奥方に見せないようにしていただきたい。万一見つかると「なんて下品な本なのでしょう。あなたの品格を疑うわ」といわれる可能性があるばかりか、筆者の品格まで疑われかねないからだ。どうぞ取り扱いにはご注意願いたい。

笑いは生活の潤滑油。笑いのある社会や家庭であるよう祈りつつ、読者の方々のご健勝を願いペンをおきたい。

二〇二一年一〇月

笹川陽平

〈著者略歴〉
笹川陽平（ささかわ　ようへい）
日本財団会長。1939年生まれ。明治大学政治経済学部卒業。WHOハンセン病制圧大使、ハンセン病人権啓発大使（日本政府）、ミャンマー国民和解担当日本政府代表など役職多数。正論大賞（2019年）、文化功労者（2019年）、旭日大綬章（2019年）、ガンディー平和賞（2018年）など受賞多数。著書に『残心』（幻冬舎）、『この国、あの国』（産経新聞社）、『不可能を可能に　世界のハンセン病との闘い』（明石書店）、『隣人・中国人に言っておきたいこと』『紳士の「品格」』（以上PHP研究所）などがある。

紳士の「品格」3
「中国の小話」厳選150話

2021年12月2日　第1版第1刷発行

著　者　笹　川　陽　平
発行者　村　上　雅　基
発行所　株式会社ＰＨＰ研究所

京都本部　〒601-8411　京都市南区西九条北ノ内町11
マネジメント出版部　☎075-681-4437（編集）
東京本部　〒135-8137　江東区豊洲5-6-52
普及部　☎03-3520-9630（販売）

PHP INTERFACE　https://www.php.co.jp/

組　版　朝日メディアインターナショナル株式会社
印刷所
製本所　図書印刷株式会社

ISBN978-4-569-85078-8